新潮新書

百田尚樹

HYAKUTA Naoki

狂った世界

1071

新潮社

まえがき

最近、世の中が狂ってきているのではないかと感じています。一昔前なら有り得ないことが、今は普通のこととして罷り通っているからです。

中でも目に付くのは、クレーマーの多さです。もちろん昔から頭のおかしなクレーマーはいました。かつてなら「そんなクレームは受け付けない！」と一蹴してきたものが、現代では、彼らの理不尽とも言える要求を聞き入れ、制度そのものを変えてしまうというめちゃくちゃなことがよくあります。

たとえば、群馬県では生活保護を希望する人に渡すパンフレットに、以前にはあった「一日も早く自分たちの力で暮らしていけるように」という文章がなくなりました。その理由は「生活保護が悪いことのように取られかねない」というクレームがあったからだそうです。

滋賀県守山市の中学校では、新年度のクラス替えが、「○○君と同じクラスは嫌だ」というたった一人の生徒のクレームでやり直しになりました。

長野県の飯山市では、下水道に不燃性のマスクや下着などが放り込まれている事態を聞いた市長が「そんなことをする人間は腐っている」と発言したところ、「人権侵害だ」と多くのクレームが寄せられ、市長は謝罪と撤回に追い込まれました。

千葉県の九十九里町にある「いわし資料館」では、動物保護活動を行なうNPO団体から「水槽のイワシの群れが密すぎて、かわいそうじゃないか」というクレームを寄せられ、水槽を壊して映像に切り替えることを検討しているということです。

「かわいそう」ということでは、作業小屋に居続けたクマを駆除したことで、秋田県に対して、「クマを殺すなんてかわいそうじゃないか」というクレームが殺到しました。こちらはさすがに「今後はクマを駆除することはしません」とはなりませんでしたが、いずれはそうなるかもしれません。

クレーマーは普通の市民だけではありません。広島の刑務所では16年も死刑を執行されない死刑囚が「独房の中に監視カメラがあるのはプライバシーの侵害で、精神的苦痛を味わった」として国に損害賠償を請求した裁判が行われています。

またクレーマーとは違いますが、なんでそこまでしないといけないのというニュースも増えてきています。

千葉市では、市の消防局員が酒気帯びで交通事故を起こした時、なんと市の全消防局員960人に対して「晩酌禁止令」が出されました。店はもちろん家での飲酒も禁止だというのです。どうして家でビールを飲むのも禁止なのか全然意味がわかりません。

かと思えば、滋賀県教育委員会は高校生の就職面接を行なう企業に対して、「愛読書は何か」という質問をしないようにという要望書を出しました。教育委員会に言わせると、愛読書を聞くのは差別につながりかねないというのですが、意味がわかりません。


犯罪や事件にしても、昔ならまずなかったような奇妙なものを目にします。

自動ブレーキの付いた自動車を買った男が、その性能を見せようと、友人に向かって車を走らせて、そのまま轢いてしまい頭蓋骨骨折の重傷を負わせた事件がありましたが、何とも現代ならではの事故ではあります。

またコンビニで10円足りなくなった男が、レジの横にある募金箱から10円を取り出して支払い、窃盗の罪で逮捕された事件もありました。ちなみにこの男は、「この募金は困った人のためにある。わたしは困ったので使った」と主張したそうです。

こうしたニュースを見ていると、日本の社会全体が少しずつ「狂いつつある」感じがします。長い間、わたしたちが培ってきた良識や常識が音を立てて崩れていっている気がします。

本書はニコ生「百田尚樹チャンネル」で毎週発行しているメルマガ「ニュースに一言」から、「世の中、ちょっと狂ってきていないか」という奇妙なニュースを取り出して再編集したものです。

令和六年十一月

百田尚樹

狂った世界——目次

1　面倒な時代に

「面倒だなあ」「厄介だなあ」と感じる場面が増えた。そう思う方は多いのではないでしょうか。宿題が面倒だ、とかノルマが厄介だ、といったことではありません。

この前まで気にしなくて良かったようなことが気軽にできなくなった、自由に口にしていたことにストップがかかるようになった。そんなケースが増えたのでは、ということです。

背景には人権意識の高まりや、多様性を尊重すべきという風潮があります。

人権や多様性はとても大切で尊重しなければいけないものだ。その正論を否定する人はいません。

しかし尊重が行き過ぎると、一般的な常識から離れていくのです。しかもその「行き過ぎ」な尊重の必要性を指摘する側が往々にして横柄、横暴だからタチが悪い。

この傾向が進みすぎるとどうなるのでしょう。

赤ちゃんを見て「かわいいですね」と言ったら、「見た目で判断しないでください。ルッキズムです」と怒られる。

結婚式の祝辞で「夫婦で力を合わせて」と言ったら、「わたしたちは独立した人格です。勝手に旧来の家庭像を押しつけないでください」と反論される。

もう少しでノルマを達成できそうだった部下に「来月こそ頑張ろう」と言ったら、「数字で人間を判断するんですか！　人格否定です」と訴えられる。

主人公がラストで死ぬ小説を書いたら、「期待と違った。悲しい気持ちになった」と賠償金を求められる。

K－POPよりもJ－POPのほうが好きだという感想を口にしたら、差別主義者だと糾弾されて謝罪に追い込まれる。

まさかそんなことはないと思われるでしょうか。でも本章で並べた事例を20年前の日本人に見せても「まさか」と思われたのではないでしょうか。

社会は本当に良い方向に進んでいるのか。この流れは本当に人権や多様性の尊重につながっているのか。ひたすら労力を費やして、ただただ面倒を増やしているだけなのではないか。そんなことを感じさせる事件や出来事の数々です。

犯人を丁寧に制圧せよ

不適切な職務執行をしたとして、三重県警が20代の男性巡査を本部長注意処分にしたというニュースがありました。この若いおまわりさんが一体何をしでかしたのかと思い記事を読みすすめると、そこにはまともな感覚をしていたら到底納得できないとんでもない理由が記されていました。

2023年8月26日未明、この巡査は「暴走族が走り回っていてうるさい」との通報を受け現場に急行しました。そこで二人乗りしている原付バイクの後部にヘルメットを被っていない少年を見つけたのです。そして「これはやばい」と思った少年がバイクから飛び降り走って逃げようとしたところを勢いのまま地面に押し倒し「なに逃げとんのや」などと言って詰め寄ったことが威圧的な態度の不適切な職務執行とされたのですから、言いがかりにもほどがあります。

押さえつけられた少年の母親が当時の状況説明を求めたことでこの出来事は発覚しましたが、それに対し巡査は「熱くなってしまった、反省している」、県警の担当者は「県民の信頼を損ねる行為。深くお詫びする。今後は適切な職務執行について指導を徹底し、再発防止に努める」なんて言うのですからわけがわかりません。これでは警察ともあろうものが理不尽なクレーマーに屈したも同然です。そもそも真夜中に騒音を撒き散らす暴走行為をしなければ警察が出動することもありませんでしたし、停止を求められた際に素直に従っていたら押さえつけられることもなかったのです。

逃げることに必死な相手を実力で阻止するのは、警察官として当然の職務です。それなのにこんなことで処分されたのでは警察官のなり手なんかいなくなってしまいます。百歩譲って子供がケガをしたことに対し親が怒るのならわからないではありませんが、この少年は無傷で、運転していた少年にいたっては逃亡したままです。「うちのバカ息子がご迷惑をおかけしました」と謝るべきところを「うちの子になんてことするのよ」ですから、まさに〝この親にしてこの子あり〟とはよく言ったものです。（2023/11/17）

その視線がハラスメント

地域住民の安全を守るため警察は事件や事故などの注意すべき情報をホームページ上で公開しています。さらに防犯アプリに登録すると、それらは自動的にメールで送られてきますので非常に助かります。その内容はというと、「路上からガスが噴出しているから近寄らないように」「イノシシが出没中につき注意するように」などのほか「露出魔が現れた」「登校中の女児が追いかけられた」などの不審者情報も含まれます。

さて、愛媛県警のホームページにこんな掲載がありました。

（今治署管内）◆種別：凝視　◆日時：令和5年9月13日㈬午前9時30分ころ　◆場所：今治市高橋甲の店舗内　◆状況：女子高校生が店舗内で買い物中、駐車場の車（黒色、普通自動車）に乗車していた男（中肉、170センチ位、黒色短髪、青色シャツ、黒色ズボン、眼鏡着用）に凝視されたもの。

これはいったい何を言わんとしているのでしょう。ずっと見られていると感じた女子高生が警察に届け出たことで注意喚起となったようですが、この〝不審者〟扱いされた男性はただ駐車場に止めた車に乗っていただけです。車から降りて買い物中の女子高生を付け回したわけではありませんし、車の中から声をかけたわけでもありません。

ただじっと彼女を凝視していただけです。その理由は女性があまりにも美しくてただ見とれていただけかもしれませんし、あるいはその逆だったのかもしれません。そもそも男は本当に女子高生を見つめていたのでしょうか。ただぼんやりと車窓の外を眺めていただけかもしれません。

ハラスメントという言葉が一般的になってから「受け手がどう思うか」に重点が置かれるようになりました。今回のケースも女子高生が不快に感じたことで〝事件性〟ありとされたのかもしれませんが、これくらいのことで不審者扱いされたのでは堪(たま)ったものではありません。愛媛県はこんなものでも掲載しなければならないほど事件のない平和な県なのか、それともこんなものも掲示しなければならないほど事件が多発しているのかはわかりませんが、いずれにせよ世知辛い世の中になったものです。

(2023/09/29)

最高裁の股間についての判断が問われる

「心が女性で身体が男性の人が女湯に入るということは起きません」。これはＬＧＢＴ理解増進法案が通れば「女風呂に入り込む自称女性が現れるのでは？」という問いに対し、同法案を推進する稲田朋美元防衛大臣が答えた言葉です。

２０２３年11月13日午後8時半ごろ、三重県桑名市長島町の温泉施設で女性用の浴場に侵入した43歳の無職の男が建造物侵入の疑いで逮捕されたというニュースがありました。この男は何食わぬ顔をして女湯の洗い場で身体を洗っていたところを女性客に見つかり、１１０番通報により駆けつけた警察官に逮捕されましたが、調べに対し女性用の浴場に入ったことは認めたうえで「わたしは心は女なのに、なぜ女子風呂に入ったらいけないのか全く理解できません」と話しているそうです。稲田氏が「起きません」と言っていたことが早くも現実に起きてしまったのです。もっとも彼女が断言した根拠はしたが。

「厚労省が言っているから」とのことだったので、端からなんの説得力もありませんで

ここで気になるのは絶対に勝てるという確信がなければ事件化しない日本の検察が、ＬＧＢＴへの差別（それが正当な区別であっても）を禁じる法律が可決された今、逮捕した男を果たして起訴するのかということです。「いや、さすがにチンチン付きで女湯はダメでしょう」と言っても２０１９年には合憲だった性別変更要件における「生殖不能要件」が、２０２３年10月には15名の最高裁判事の全員一致で違憲とされたように、世の中は「少数派の言うことを聞け」という流れです。

とりあえずは高裁差し戻しで保留となった「外観要件（チンチンがあるかないか）」についても15人のうち３人が高裁に差し戻すまでもなく違憲と言っていることから、最後の砦とも言える「チンチンがあるかないか」も今後どうなるかわかりません。そうなるともう女湯にすべての自称女性は大手を振って（下にはちがうモノも振って）入れるのです。

今回は厚労省が２０２３年６月に出した公衆浴場での男女の区別について「身体的特徴で判断する」という通知により、いくら彼女（彼）が「わたしは女よ」と言ったとこ

ろでチンチンがあるので逮捕されましたが、もし股間にガムテープを貼って「身体的特徴」を女性に寄せていたら、警察も迂闊に出動できなかったかもしれません。

（2023/11/17）

「ごっこ遊び」に目くじらを立てる人たち

２０２３年11月26日、解体直前の静岡県島田市役所旧庁舎を舞台にサバイバルゲーム（サバゲー）イベントが開催されました。サバゲーとは、敵味方に分かれてエアソフトガンで直径６ミリのＢＢ弾を撃ちあい模擬戦闘を楽しむもので、チーム毎に獲得した陣地の広さなどで勝敗を決します。

今回のイベントは焼津市内の事業者が、１９６２年建築で２０２３年10月に61年間の使用を終えた鉄筋コンクリート４階建ての旧庁舎を有償で借り、そこでのサバゲーを27日からの解体工事の前日に開くことを島田市に提案しました。それを受けた市は公共施設の民間提案制度に基づき職員でつくる「審査委員会」に諮(はか)り、そこでの審査に合格したことで実現したものです。翌日には解体するものですから、いくら傷つけても問題ない上に、最後のご奉公として賃料まで入るのですから市としては願ったりかなったりです。

快諾を得た主催者が参加者を募ると県内や首都圏などから申し込みが殺到し、半日で100人の定員が埋まったといいますから相当な人気で、この企画を知った島田市の染谷絹代市長も参加を予定しました。

ところがです。開催を知った市議会議員がロシアによるウクライナ侵攻やパレスチナ自治区ガザでの戦闘が報じられる中、「停戦や平和を求める声が高まっているこの時期に実施すれば、市のイメージを低下させ、市民を失望させかねない」と言って中止要請を出したのですから困ったものです。サバゲーはフルフェースマスクで顔を保護するなど安全対策を取った上で、敵の撃ったBB弾が自分の体に当たったら「ヒット!」と宣言し、自主的にプレーから離脱するなど一定のルールの下で行われます。それを「鉄砲を撃ちあうから、即、戦争」とは何たる短絡的思考でしょう。

鉄砲がダメならオリンピックのクレー射撃もダメだし、戦うことがダメなら決闘そのものフェンシングもアウトです。さらに〝平和〟を突き詰めていくと、殺したり盗んだり刺したりするうえに、右翼や左翼までいる野球なんて、もってのほかでしょう。クレームを受け市長自身は参加を取りやめましたが、イベント自体は無事開催されました。いつもの平面での戦いと違い2階から3階までフルに使ってのサバゲーに参加者は大満足で、旧庁舎が見事に有終の美を飾ることとなったのはなによりでした。

声の大きな少数派を気にするあまり事なかれ主義を決め込む自治体も多い中、信念通りに開催を決行した島田市の見事なサバイバルぶりはあっぱれです。

(2023/12/01)

愚かすぎる連帯責任

千葉市消防局が、酒気帯び運転をして追突事故を起こした22歳の男性消防士を懲戒免職処分にした、というニュースがありました。この消防士は前日夜に同僚と酒を飲みに行き、解散後も一人で朝までテキーラなど合計およそ20杯を飲み続け、一旦はタクシーで帰宅したものの、忘れものをしたことを思い出し取りに行くために車を運転したということです。

しかし朝まで飲んでいたのですから体内からアルコールが抜けているわけがありません。真っ赤なクルマならぬ真っ赤な顔をした消防士はなるべくしてと言いますか、信号待ちをしていた乗用車に追突する事故を起こしてしまいました。そして乗用車に乗っていた女性が110番通報し、到着した警察官が酒の臭いに気付き検査をしたところ基準値を上回る数値がでたことで酒気帯び運転が発覚したのです。コップ1杯のビールを飲んだだけでもハンドルを持つことが許されない現代で、テキーラという極めてアルコール度数の高い酒を何杯も飲んだ挙句の事故ですから、懲戒免職も自業自得としか言いようがありません。

しかし、このニュースはそれだけでは終わりませんでした。なんと、千葉市消防局がこの不祥事を受けてあらゆる場面で「飲酒禁止」を打ち出したのです。対象は全職員およそ960人で、忘年会など飲食店でのそれはもちろんのこと、家での一人晩酌も許さないというのですから呆れます。いまどき高校野球でも「連帯責任」なんて持ち出さないのに、たった一人の消防士が飲酒事故を起こしたからといって大の大人相手に「酒を飲むな」なんてよく言えたものです。それも「家でもダメ」だなんて、毎晩上司が各家庭を巡回して監視でもするつもりでしょうか。

「公務員である消防士が酒を飲んだ挙句の事故だなんて市民に対し申し訳が立たない。ここは反省している態度を見せよう」と考えたのかもしれませんが、そもそも、酒を飲むのが〝悪〟ではなく、酒を飲んで運転することが〝悪〟であるはずなのに、これではまるで政治資金パーティーで得たお金を収支報告書に記載せず〝裏金〟化したことが問題なのに、パーティーそのものがダメだと言わんばかりにすべての開催を禁止するどこかの政党と同じです。

市民はそんなパフォーマンスなんて望んでいません。


（2023/12/30）

一律化した多様性

夫の育児時間が1日あたり41分と全国46位の山口県で働き方改革のシンポジウムが開

催され、2025年度までに県と県内すべての市町で男性職員の2週間以上の育休取得率を100%とする目標が宣言されたというニュースがありました。

このシンポジウムは、社会全体で子育て中の人を応援するなど、職場環境づくりへの気運を高めようと開かれたもので、市や町の担当者、県内の経営者などおよそ350人が参加したそうです。昭和の時代の女性は結婚したら仕事を辞めることが多く「寿退社」なる言葉もありました。それがやがて結婚後も子供ができるまでは仕事を続けるようになり、その後は子供ができても退職せず産休、育休を経て職場復帰するのが当たり前になっています。ですから専業主婦として育児にかかりっきりになるわけにもいかず、必然的に誰かの援助が必要になります。

3世代同居の時代ならそれを爺さん婆さんに求めることもできましたが、核家族化の定着した現代では一番身近な家族の〝夫〟がその役割を担うことにならざるを得ません。その意味では「男性の育休、大いに結構。そしてどんどん子供を産んでくれ」と思いますが、今回の〝100%〟にはいささかの違和感があります。

それは多様性重視という割に、働き方を一律に決めようとしているところです。夫婦の形はいろいろですから、共稼ぎが増えたとはいえ専業主婦を選択する女性もいる中、

「少しでも長く子供と一緒に居たい」という人には育休強制は歓迎されるでしょうが、「子供のために少しでも稼ぎたい」という人には迷惑な制度でしかありません。

これは労働時間の制限にも言えることで「残業＝悪」の風潮は労働者のやる気を削ぎます。もちろん「死ぬまで働け」なんて言うつもりはありませんが、20代30代の気力体力がある者にまで「はい、そこまで」はないでしょう。人はだれしも「あの頃は死に物狂いで働いた」と思う時期があるものです。それは人生においての誇りであり勲章でもあるのです。「働き方改革」という耳当たりの良い言葉でその機会を奪われるやる気のある若き労働者が不憫でなりません。

（2024/02/16）

ケチをつける習性

木原稔防衛大臣（当時）が2024年3月16日の北陸新幹線の金沢～敦賀間開業にあわせて、航空自衛隊のアクロバットチーム「ブルーインパルス」が能登半島地震の被災者を激励するために石川、福井両県上空を展示飛行すると語りました。

「ブルーインパルス」は1964年、2021年の2度の東京オリンピックで大空に5つの輪を描いたほか、2020年5月29日には、新型コロナウイルス感染症対策に当たる医療従事者に敬意と感謝の気持ちを伝えるため自衛隊中央病院など東京都内の上空を飛行して、いままでにも多くの人々を激励、そして感動させています。しかし、この試みに対し「もっと生きたお金の使い方を考えたら?」「ブルーインパルスが飛んだら瓦礫は撤去できるの? 水道は復旧するの?」「税金の無駄遣い、被災地にそのお金を回せば良い」などの批判がでているといいますから困ったものです。

これを書いている今、能登半島地震の発災から2ヶ月が経ちますが、いまだに避難所生活を強いられている人が多くいるのは事実です。しかし、今日現在瓦礫の下で救助を待っているのなら確かにブルーインパルスよりも救助ヘリの方がいいのでしょうが、いまは差し迫った危険はなく、すでに「いかに元の生活に戻るか」の段階に入っています。そんな時に空の上から激励されることに不満を抱く人なんているのでしょうか。

2011年3月に東日本大震災が発生した時、テレビのすべてのチャンネルは震災報道一色となり民放からはCMすら消え日本中が自粛ムードに包まれました。当時、わたしが構成を担当していた「探偵！ナイトスクープ」も御多分に洩れず放送休止を余儀なくされました。

この番組は「スクープ」といっても、報道番組ではなく実態はお笑い中心の娯楽番組です。24時間「おもろいこと」ばかりを考えて来たスタッフはいつ再開したらいいのかわからず不安な日々を過ごしていましたが、他局がまだ被災地の様子ばかりを伝えている中で「本当に放送していいのか」という葛藤はあったものの「こんな時にこそお笑いを」といち早く放送再開を決断しました。果たして被災地からのその反響は「久しぶりに腹の底から笑った」「明日への活力になった」など概ね好意的なものばかりで、スタッフ一同は胸をなでおろすと共に笑いの力を再認識したものです。

そもそも今回のブルーインパルス飛行を批判しているのは被災地の人たちなのでしょうか。わたしには批判者は安全な場所にいて「われこそ被災者の気持ちを代弁している」と自己満足に浸る偽善者か、あるいは国のすることはすべて気に入らない反権力主義者のどちらかとしか思えません。なによりも被災地で大活躍する自衛隊に感謝しない人はいません。その自衛隊のブルーインパルスが3月16日、空から被災地を激励するのです。これのどこにケチのつけようがあるのでしょうか。当日は多くの被災者が上空を

見上げ笑顔で手を振ることでしょう。笑顔は復興の一番の原動力です。（2024/03/08）

女性を弱いと言ってはいけないのか

新幹線の車内で、車掌の顔を殴ってケガをさせた男が逮捕されたというニュースがありました。

傷害の疑いで現行犯逮捕されたこの50歳の自称無職男は2024年3月2日午後2時25分ごろ、広島駅から福山駅の間を走行していた山陽新幹線博多発東京行き「のぞみ32号」の車内で40歳の車掌の顔を殴って前歯を折るケガをさせていたのです。通報を受け駆けつけた警察官がJR福山駅構内で男を現行犯逮捕しましたが、こんな〝ならず者〟さえ乗車拒否できない公共交通機関の従業員は大変です。

暴力行為に〝良い〟ものがないのは当然だとして、わたしが最も許せないのは男の殴った相手が「女性」車掌だったことです。百歩も千歩も譲って相手が男性だったのなら、理由のいかんによっては酌量の余地があるかもしれませんが、男が女に手を上げた時点で「男が悪い」が決定です。なぜなら女性は男性より〝弱い〟からです。こう言うと「レスリングの霊長類最強女子や柔道のヤワラちゃんは男性より強い」なんて反論する人が必ずでてきますが、それはあくまでも例外であって、わたしは一般論として言っているのです。

すると今度は「女は男より弱いと決めつける百田は差別主義者だ」と来るのですから辟易（へきえき）します。誰が何と言おうと、ＬＧＢＴ理解増進法が成立しようと、生物としてオスがメスより大きく力が強いのは不変です。それを「平等」という言葉でまやかしていたのでは本質を見誤ります。男性と女性は平等ではあるが同等ではありません。にもかかわらず「なにもかも同じ」とするから無理が生じるのです。

それにしても、今回の男は車掌が男性でも殴っていたのでしょうか。もし相手が女性だったからだとしたら、この男は男の風上にも置けないクズ中のクズです。（2024/03/15）

噛みつき方がズレすぎている

「島耕作」さんが佐賀県の副知事に就任したことに対し、県議が「議会の同意を得ずに副知事に就任している」と糾したというニュースがありました。

地方自治法162条は「副知事は議会の同意を得て選任する」と定めています。これは知事が勝手に副知事を決め、タッグを組んでやりたい放題するのを防ぐためで、今回の件を議会として看過できないというのは当然です。

しかし、この島耕作さんがあの人気漫画「島耕作」シリーズの島耕作となれば話は別です。「島耕作」シリーズは1983年に『課長島耕作』として連載が始まり、部長から取締役、常務、専務、社長、会長まで順調に出世し、その後の相談役、社外取締役までのサラリーマン人生を描いたものです。そんな島さんに情報発信プロジェクト「サガプライズ!」の一環として、相談役の時にスポーツビジネスに携わった彼の手腕に着目した佐賀県が白羽の矢を立てたのです。

県では2023年11月から島副知事の執務室を県庁に開設し一般公開していました。要するに「島耕作副知事」は広報活動における企画上のもので、実際に彼が県政に携わるものではなかったのです。そもそも島耕作は実在の人物でないので携わりようがありません。それに対し「議会を軽視している」と本気で嚙みつくのですから呆れます。

県議会議場での「議会の同意を得ずに島耕作が副知事に就任しているが、規定を無視して任命したのか」との怒りを帯びた質問に、「あくまで情報発信のプロモーション企画として考えている」と平然と答弁するやり取りに、傍聴席の市民は「いったい何を見せられているんだ」としか思えなかったことでしょう。

こんな漫画よりも面白いことを現実の、それも厳粛であるべき議会でやられては「島耕作」作者の弘兼憲史さんも立つ瀬がないのでは。


(2024/03/23)

これが「頭がおかしい」以外の何なのだ

長野県飯山市の市長がＳＮＳで、下水道にマスクを捨てる人を「人間が腐ってきている」と発信したことで謝罪に追い込まれたというニュースがありました。

この市長は市内の下水道に不織布マスクや下着が流されていることを憂慮し「どういう神経をしてんだよ、人間が腐ってきてるな」と苦言を呈していました。それに対し「腐るとは何事や、人権侵害だ」とクレームがついたというのですから呆れます。下水道に水に溶けないものを混入させることはポンプの故障などの原因となり、その修理には莫大な金額が必要となります。その費用はもちろん税金から支払われますので、ごく少数の不届き者のために多くの善良な市民が害を被ることになるのです。

そんな子供でもわかることを平気でするのは〝頭のおかしい〟人間以外にはいません。頭がおかしい＝脳みそが腐っている＝人間が腐っている……これのどこに問題があるのでしょう。市長として言うべきことを、それも事実であるにもかかわらず言えないとしたら「市長は一切ものを言うな」と同じです。

市長は「品位を疑われるような表現があった」と謝罪し投稿を削除しましたが、〝人権〟という言葉を盾にして一方的に言論を封殺することは絶対に許せません。そもそも〝品位〟ってなんでしょう。「公人が耳障りの良くない言葉を使うのはけしからん」というのだとしても、今回の場合は不届き者を戒めるためにはあえて厳しい言葉が必要でもありました。

わたしは〝クズ〟という言葉をよく使いますが、それは〝クズ〟が対象を最も端的に表しており聞き手に伝わりやすいと考えるからです。言葉尻を捕らえてばかりでは本質を見誤ります。今回の批判者が責めるべきは市長でなく、彼がそう言わざるを得なくした人たちの方だったのではないでしょうか。

（2024/04/10）

訂正放送ができないＮＨＫ

ＮＨＫが２０２４年８月19日にラジオ国際放送などの中国語ニュースの中で、沖縄県の尖閣諸島について「中国の領土である」という放送をしたと発表しました。これはＮＨＫが外部委託している関連団体に属する中国籍の外部スタッフがニュースを伝える際、原稿のどこにもそんな記述がないにもかかわらず、いきなり前述の発言をしたというものです。

尖閣諸島は言うまでもなく日本国固有の領土であり、それを日本国の公共放送が否定するなど絶対にあってはならないことです。この大不祥事（国賊的犯罪と言った方が良いかもしれません）に対し、当のＮＨＫは「ニュースとは無関係の発言が放送されたことは不適切であり、深くお詫び申し上げます。再発防止策を徹底します」とコメントした上で業務委託契約を結んでいる関連団体を通じて本人に厳重に抗議するとともに、関連団体が本人との契約を解除するとしていますが、今回の件は謝ったから終わり、クビにしたから終わりとなるような簡単なものではありません。

ＮＨＫは〝ニュースとは無関係の発言〟が不適切だったと謝罪していますが、ニュースに関係が有る無しにかかわらず「尖閣諸島が中国の領土である」というまったく虚偽の、それもわが国の国益を損なう内容を伝えたことが問題なのですから、そもそも謝るべきポイントが違います。そして、なによりも真実を伝える報道機関として通り一遍の謝罪より、まずしなければならないのは「先日、放送された『尖閣が中国の領土である』は間違いであり、正しくは日本の領土です」という訂正放送を全世界に向けて発信することです。

日本中が怒りに震えるこの期に及んでまだ「尖閣は日本のものだ」と声高に叫べないとしたら、ＮＨＫ（日本放送協会）はいったいどこの国の放送局なのでしょう。

（2024/09/08）

救急車の有料化

三重県松阪市で2024年6月から救急車が一部有料になったというニュースがありました。これは松阪市内の3基幹病院に救急搬送された患者が、医師に入院の必要がないなど軽症と判断されれば、料金が発生するというものです。救急車や消防車など行政が管轄し市民サービスに使う車両は今まで「無料」が原則でした。それが1件につき7700円（税込み）の徴収となるのですから市民の間に不安が広がっているようです。

今回の措置は対象の松阪地区での救急車の出動件数が2023年に1万6180件と過去最多を記録し、このままでは救急車が足りなくなり、救える命が救えなくなることへの憂慮が理由とされています。もし本当に救急車が足りないのなら有料化より台数を増やすことのほうが先だとも思いますが、実態はどうも違うようなのです。なんと1万

6180件のうち、半数以上が救急搬送の必要がなかったというのです。中には「平熱より1度上がったから」「爪がはがれたから」など家庭薬でも十分対応できそうなものや、もっとひどいのになると「酒を飲んだのでクルマを運転できなかったから救急車を呼んだ」なんてタクシー代わりにしていたものもあったのです。こんなことでは救急車がいくらあっても足りず、無駄な出動抑止のための有料化もやむを得ないでしょう。

国は地域の医療体制を守るため、2016年に健康保険法を改正し、初期の診療は地域の病院で受け、そこで手に負えない高度な専門的医療のみを町医者からの紹介状をもとに大病院で行うこととしました。しかし、それでもなお「いや、わしは絶対に大病院じゃないと嫌だ」と紹介状なしで200床以上の地域医療支援病院を訪れる患者に対しては〝選定療養費〟として7700円以上を徴収することにしており、今回も必要のない救急車＝選定療養としたのです。

この7700円徴収に対し「いざというときに救急車を呼ぶのをためらってしまう」なんて否定的な声もあるようですが、救急車は文字通りためらう間もない救急のときに呼ぶものです。「お金がかかるからやめておこう」で済むのなら、それは救急ではありません。

それにしても救急車まで有料になるとは随分と世知辛い世の中になったものです。それもこれも不届き者が増えたせいです。人殺しがいなければ〝殺人罪〟は、泥棒がいなければ〝窃盗罪〟は、ペテン師がいなければ〝詐欺罪〟は必要ありません。本来、善良な人間だけなら何にも縛られずのんびりと暮らせるものが、一部のそうでない人たちのためにどんどん窮屈になるのは困ったものです。

(2024/09/08)

「女子枠」は差別ではないのか

京都大学が2026年4月入学の入試から理学部と工学部の理系2学部で「女子枠」を設けるというニュースがありました。この措置により現在、理学部7・9%、工学部10・1%の女子比率をどちらも15%まで引き上げようというのです。

京大総長は「女性が理工系に向いていないというのは幻想」「彼女らの希望に応じてチャレンジできる制度を作らないといけない」と話していますが、本来公平でなければならない入学試験に男女で差をつけるのはいかがなものでしょうか。「女に学問はいらん！」という時代じゃあるまいし、現代では女性であろうと希望すればどんな学校にも進学できますし、またどんな職業にも就くことができます。いまさら〝チャレンジできる制度〟なんていらないでしょう。さらに高校生の学力を男女で比べると、女性のほうが優秀だともいわれています。難関といわれる〝医科大学〟で「成績順で合格者を決めたら女学生ばかりになってしまう」と男子受験生にゲタをはかせるところもあったくらいです。

ですから理学部であろうと工学部であろうと〝女性だから〟合格点に達しないなんてことはないはずです。にもかかわらず女性の数が少ないのは彼女らが「そこで学びたい」と希望していないからです。本当に女学生を増やしたいと思うのなら女子枠を作るのではなく、そこを彼女たちにとって魅力のある場所にすることのほうこそが重要なのです。

そもそも、なぜ理系学部の女子比率を上げなければならないのでしょうか。男女平等といっても何もかも同じにする必要はありませんし、できません。性別によってできること、向き不向きは間違いなくあります。それを無理やり変える意味がわかりません。

なにより、男女平等と言いながら女子だけの特別枠を設けることは「女はバカだから大目に見てやる」と考えているにほかならず、これ以上の女性蔑視はありません。

（2024/04/10）

転職を考える君へ

ゴールデンウィークが終わり街中にサラリーマンが戻ってきました。ベテラン社員は気分も新たに「さあ、また頑張ろう」となるのでしょうが、心配なのは4月に入った新入社員です。初めて社会に出て緊張の中での1ヶ月が過ぎ、ようやく仕事に慣れた頃の長期休暇により、また学生気分に戻ってしまい「会社に行くのが嫌だ」となる人が毎年現れるからです。いわゆる〝五月病〟です。

発病した若者の中には数日の欠勤の後そのまま退社してしまうケースもあるようで、この時期には新入社員を預かる職場では「ウチの部下は大丈夫だろうか」と気を揉む上司も多いようです。

ところが、そんな〝五月病〟が最近は随分と様変わりしているようです。なんと5月を待たずして4月中に会社を辞める新入社員が増えているというのです。中には入社式の当日に辞表を提出することもあるようで、急に欠員の穴埋めを強いられる会社側は大迷惑です。さらに、たった一日での退職理由が「配属先が希望と違った」「思っていた雰囲気と違う」などおじさんからみたら「そんな理由で……」というものなのですから困ったものです。

現代の風潮は「いやなことはしないでいい」「やさしくしてもらうのは当然」で、少しでも気分が悪いことがあると「ハラスメントだー」となる傾向があります。生まれてこのかた〝我慢〟をしたことのない若者は辛抱できないのでしょうが、せっかく入った会社をすぐに辞めるのは実にもったいないものです。

もちろん社員を人間扱いしないブラック企業と呼ばれる会社や、このまま続けていたら心身が持たない職務内容から逃れることも必要でしょう。しかし、それを社会人になりたての新入社員がごく短い期間で判断できるのか疑問です。

日本の雇用形態は長らく〝終身雇用〟が主流でしたが、近年は「最後までこの会社で」と考える新入社員は2割ほどしかいなくなっているそうです。希望に満ちた若者は転職によりステップアップ（地位や収入が上がっていく）を期待するのでしょうが、夢が叶うのはほんの一握りで、すべての人が成功するわけではありません。そして成功者に共通するのは、仮に転職しなくても元の会社で成功できた人物ということです。すなわち「頑張れる人間はどこでも頑張れる、頑張れない人間はどこでも頑張れない」のです。

流行に乗っかっての安易な転職ほど愚かなことはありません。一般的に転職は繰り返す毎に条件が悪くなり、やがては採用そのものも危うくなるのですから。そのときになって「正社員になれない社会はおかしい」と叫んだところで後の祭りです。

（2024/05/17）

2　きれいごと社会

ある時期から「物言う株主」という言葉を耳にするようになりました。日本の場合、総会屋のような人を除くと、株主といえどもあまり企業側に意見を言うことがない時代が長く続きました。しかし、それでは本来の株主の責任を果たしていない、といった考え方が背景にあるのでしょう。

もっと利益を上げられるはずだ、もっとコストを下げられるはずだ、といった意見を株主の側からも出していくことが、結果として企業にとってもプラスになるという理屈です。実際に、外部からの目が入らないと緊張感が不足する可能性は十分あります。

問題は、こうした「物言う」傾向はネットの普及と相まって、強まる一方だという点です。つまり株主でもなければ、利害関係者でもないのに、とにかく何か言いたがる人が増えたのです。

もちろんその中にはいい意見もあるのでしょう。また、相手が行政や政治家であれば、国民は常に意見を言う権利があります。

一方で、その意見のほとんどはどうでもいいものや見当違いのものだというのも事実です。どんな組織でも、いろいろな可能性を検討した末に決定を下しています。外野の意見というのは、たいていその過程でふるい落とされたようなものだからです。

ふるい落としの理由はさまざまでしょう。採算の問題もあれば、コンプライアンスの問題もあります。誰が考えても良いアイディアで、なおかつ実現性が高いのに、なぜか採用されていないということは滅多にありません。素人考えで物を言うと、思わぬ迷惑をかけたり、あるいは自分が恥をかいたりすることにもつながりかねないのです。困ったことに、自分が素人であることを忘れてきれいごとを言う人がとても多いようです。

理想論や採算度外視のプランならば、いくらでも言えます。しかしそれでは物事は進まないから、毎日、それぞれの職場や組織でみんな苦労しているのです。そんな簡単なことがわかっていない人がいかに多いことか。

「言うは易く行うは難し」――最近あまり使われなくなったことわざを、頭の片隅に置いておくのもいいのではないでしょうか。

駆け込み需要の怪しさ

「お弁当にお茶、コーヒーにサンドイッチ、ビールにおつまみ、沿線のお土産はいかがですか」。そんな声が聞こえなくなるようです。ＪＲ東海が東海道新幹線「のぞみ」「ひかり」で続けてきた車内販売を２０２３年10月で終了すると発表しました。わたしは週１回新幹線で東京―大阪を往復する生活を10年近く続けています。２時間半の車内ではもっぱら読書やTwitter（現X）をして過ごしていますが「ちょっと休憩」というときに飲むホットコーヒーは格別なものがあります。それが今後はできなくなるのです。

発表を受けてネット上では「不便になる」「旅の楽しみがなくなる」と不満の声があふれていますが、ずいぶんと勝手な言い草です。廃止の理由は売り上げ減少にほかなりません。

文句を言っている人たちは新幹線に乗る度に毎回車内販売を利用して売り上げに貢献

していたのでしょうか。最近では駅構内の売店も充実しており、多くの人は乗車前にそこで必要な品を買い込みます。車内販売を利用するのは、持ち込んだビールをすべて飲んでしまい「おかわり」というサラリーマングループくらいでしょう。そして、そんな呑兵衛グループはさらに「もう1本」とワゴンが通るたびにアルコール飲料とおつまみを補充し、最後には在庫を空にするまで飲み続けています。そんな人たちが「車内販売がないのは困る」と言うのならわかりますが、数年に1回カチカチアイスを買うだけの人が「旅の情緒がなくなる」なんて言ってもＪＲは聞く耳を持ちません。

人間は〝なくなる〟と聞くと急にあわてだすものです。赤字ローカル線の廃止が決まると全国から惜しむ人が押し寄せ、いつもは空席だらけの車内が都市部の通勤列車並みの混雑になったなんていう笑い話のようなニュースもありましたが、「それなら日ごろから乗れば廃線にならなかったのに」と思います。また老舗ラーメン屋が店じまいを発表したとたんに客が押し寄せ「ここの味が好きだった」なんて言っているのを聞くと、「それなら日ごろから来いよ」となります。

そういえば大阪・西天満には「閉店売り尽くしセール」を20年以上も続けた靴屋がありました。車内販売もこれからしばらくは完売が続くかもしれません。

(2023/08/12)

イワシの権利代弁者

盆を過ぎ、道端にセミの死骸を見ることが多くなりました。地中で数年間を過ごし、ようやく地上に出てきたと思ったらたったの1週間で死んでしまうセミをかわいそうと言う人がいますが、「地中が苦しくて地上は素晴らしい」なんて人間が勝手に決めていることで、その同情はセミからしたら「大きなお世話」かもしれません。

そんな「大きなお世話」みたいな事件がありました。千葉県九十九里町にある「いわし資料館」が動物保護活動を行うNPO法人からクレームをつけられたというニュースです。この施設には地元の名物・イワシに関する様々な展示があり、中でも目玉となっているのがおよそ3000匹のイワシが泳ぐ高さ約1・6メートル、横約4・5メートル、奥行き約1・9メートルの楕円形の水槽です。保護団体はそれに対し「イワシが密だ」と廃止を求めるのですからわけがわかりません。

さかな偏に〝弱〟と書くイワシは外敵から身を守るため群れで泳ぐ習性があります。この資料館の展示はその様子を再現しており、キラキラと鱗を輝かせながら泳ぐ大群は見るものを圧倒します。そんな自然界において当たり前に起こりうる状態を、魚が「窮屈でかなわん」と言ったわけでもないのに、その見た目だけで「魚がかわいそう」と勝手に決め付け廃止を迫るなんて、動物愛護を盾にしたただの言いがかりとしか思えません。

自分の考えこそが正解と勘違いして周囲にもそれを強要することほど迷惑なものはなく、「いわし資料館」もとんでもない連中に目をつけられてしまったものです。資料館によりますとイワシは年間で500匹程度が死んでいるそうですが、これは3～4年程度とされているイワシの平均寿命を考えると決して多い数字ではありません。クレームを受け、町は実際の水槽での展示をやめて映像に切り替えることも視野に入れているそうですが、そんなことをすれば〝虐待〟を認めることになります。いわれのないクレームは科学的根拠を示した上で、毅然として撥(は)ね付ければいいのです。

そして保護団体もそんなに過密が許せないと言うのならイワシの心配をする前に、まず泳ぐことはおろか身動きひとつできない、正真正銘「密」の中央線や東西線で通うサラリーマンを、毎日の殺人ラッシュから救い出すべきでしょう。

（2023/08/27）

匿名できれいごとを言う人

川崎の市立小学校でプールの水を張る際、不手際で大量の水を無駄にしたことに対し、市が担当の男性教諭らに賠償請求したことを巡り、市に600件を超える苦情が寄せられているというニュースがありました。

これは2023年5月のプール開きに際し、プールへの注水を開始したのはいいが止めるのに失敗して6日間も出しっぱなしになり、25メートルプール約6杯分にあたる217万リットルの水をあふれさせたものです。源泉かけ流しの温泉じゃあるまいし、上水かけ流しのプールなんてなんの値打ちもありません。

約1900万円に上った損害額に対し、市は同校の校長と担当の男性教諭に過失があったと判断して2人に損害額の半分の約95万円を請求していました。それに「賠償請求は酷だ」「先生がかわいそう」「教員不足に拍車をかける」といった抗議が殺到するのですからなんと〝優しい〟人の多いことでしょう。

市長は批判に対し「市民に対する責任でもある。全て税金で（補塡する）となれば、関係のない市民が負担するのか、ということになる。公務員は過失に対する責任を常に負う。襟を正し、ミスを起こさないようにしなければならない」と失敗を水に流すことはありませんでした。

たしかに一公務員に50万円近くの金額を負担させることは酷なようでもあり市の対応はやり過ぎかもしれませんが、もしこれが全額市の負担となっていたら今度は「貴重な税金を無駄遣いしやがって」「ミスの責任を取るのは当たり前」なんて批判が出て来たことでしょう。いずれにしても現代は「一言いいたい人」であふれています。それも匿名で。そしてなにより違和感を覚えるのは、その一言が自身の満足のためにのみ発せられているところです。本当に教諭を気の毒に思うのなら「わたしのお金も使って」と寄付を申し出てもいいものですが、そんな人はいません。

みんな批判するばかりで自分の腹は一切痛めず「かわいそうな先生を守るわたしはなんて優しいの」と悦（えつ）に入っているのです。ああ、気持ち悪い。

（2023/09/02）

朝日に「商業利用」批判の資格はない

夏の甲子園は都道府県大会を勝ち抜いた代表校が出場します。多くの人は母校や知り合いのいる高校を応援しますが、もしその学校が途中で姿を消しても甲子園では同郷のよしみでふるさとの代表校を応援することが多いでしょう。

2023年7月の全国高校野球選手権長野大会決勝で、松本市にある百貨店が地元の松商学園高校の甲子園出場に備えて用意していた紅白まんじゅうの無料配布と懸垂幕の掲示に、大会主催者が「待った」をかけていたというニュースがありました。この百貨店は決勝戦前日に報道機関に向け「祝甲子園出場、紅白まんじゅう配布　懸垂幕掲示のお知らせ」として翌日の決勝で松商学園が勝った場合、紅白1個ずつ入ったまんじゅう150箱を試合終了後、本店1階で配ることを知らせるファックスを送りました。しかし、その6時間後に突然今度は「中止のお知らせ」としてまんじゅう配布と懸垂幕の掲示の取り止めを伝えてきたのです。

その理由が、ファックスを受け取った大会主催者の朝日新聞社長野総局から「商業施設での物品の無償提供や垂れ幕の掲示は高校野球を利用した企業や商品の宣伝につながりかねず、（学生野球の商業利用を禁じる）日本学生野球憲章に抵触する恐れがある」との指摘があったからというのですから呆れます。

選手がまんじゅうを配りながら客の呼び込みをするのならたしかに〝商業利用〟かもしれませんが、冒頭に言ったように地元企業が地元の高校の甲子園出場を祝うことにそこまで目くじらを立てなければならないものでしょうか。そもそもこの地元高校が甲子園出場を決めた際のまんじゅう配布は30年ほど続く恒例行事で、さらに朝日新聞は少なくとも過去3回、紅白まんじゅう配布の様子を嬉々として記事にしていたのですから、見事なまでのダブルスタンダードです。

〝無料〟のまんじゅう配布はダメで、その記事を載せた新聞を〝有料〟で売るのはＯＫだなんておかしな話です。要は〝商業利用〟とかなんとか言ってもそこに明確な基準はなく、その時の気分次第で運用しているだけなのです。

朝日新聞は地方大会が始まる6月下旬から甲子園決勝の8月下旬まで2ヶ月にわたっ

て高校野球に大きく紙面を割きます。彼らは「それは報道だ」と言うのでしょうが、それなら粛々と試合結果だけを伝えたらいいのに有名人を甲子園に連れてきて観戦記を書かせたり、試合と関係のない選手やチアリーダー個人の人となりを紹介するなど、売らんがために必死です。さらに極めつきは、その新聞には多くの広告が掲載されていることです。これを〝商業利用〟と言わずしてなんと言うのでしょう。

(2023/09/16)

行き過ぎた「差別是正」

スペインサッカー連盟が、スペイン女子代表の呼称に「女子」の文言を使わないことを決めたというニュースがありました。

これは男女格差を是正する改革の一環で、今後は男女両代表チームともただの「スペイン代表」と呼ばれることになるそうです。そのためこれからは「スペイン代表」と聞くたびに「どっちの?」と確認が必要になるのです。女性が男性に比べて不当な扱いを受けることがあってはなりませんが、「男のチームには男子と入っていないのに、女性だけいちいち女子とことわらなければならないのは差別だ」となると、もはや言いがかりとしか思えません。

サッカーはもともと男子だけのスポーツでした。それが女子にも門戸が開かれ男子チームと区別するために「女子」と入れているのです。それは女子選手のものだったアーティスティックスイミング（旧シンクロナイズドスイミング）を男子選手もするようになり、国際大会で彼らのみが〝男子〟代表と呼ばれるのと同じです。アメリカ人とスペイン人、大人と子供のように便宜上対象を分けることはいくらでもあります。そしてそれらはどちらが良い悪いというものではなく、ただの区別です。男と女の区別もそれらと同じで、そこに優劣はありません。にもかかわらず女性をすべて男性と一緒にすることは、「女性は男より下だから同じにしてやろう」と考えているからにほかならず、それこそが差別です。

それでもなお「我々は絶対に男性と女性を分けるようなことはしない」というのなら、日本語と違ってすべての名詞が「女性名詞」「男性名詞」に分けられるスペイン語を根こそぎ変えなくてはなりません。

（2023/10/06）

愛読書が個人情報に？

滋賀県教育委員会が高校生らの採用を考えている企業に対し、面接で愛読書を聞かないように要望したというニュースがありました。厚生労働省は公正な採用選考を行うため「応募者の適性・能力とは関係ない事項で採否を決定しないこと」と規定しており、いくつかの「不適切な質問」例を示しています。

今回の要望はそれに沿ったものとのことですが、愛読書を聞くことが就職差別につながりかねない「不適切な質問」に当たるだなんてわけがわかりません。工場で一日中、誰とも顔を合わすことなくベルトコンベアを流れる部品を組み立てていればいい、あるいは経理部で誰とも言葉を交わさず朝から晩までそろばんや電卓とにらめっこで計算さえしていればいいのならともかく、会社勤めをすると嫌でも上司や同僚、得意先と接することになります。そこでいかに円滑な人間関係を作れるかが仕事を続けていく上で重要なのです。手先の器用さや計算の速さだけが企業の求める適性・能力ではありません。そのため企業は面接で求職者が「どんな考えを持っているのか」「どんなものが好きなのか」という人となりを知ろうとするのです。

愛読書を聞くことはその中のひとつで「まず本が読めるのか（時間をかけしっかりと仕事に取り組めるのか）」「どんなジャンルを読んでいるのか（自社の仕事に興味を持てるのか）」を探ろうとしているのです。それをダメだというのでは本当に求めている人材かどうか確かめられません。企業、求職者ともにお互いをよく理解することこそが就職で最も大切なことです。

昨今、若者が入社後すぐに「こんなはずじゃなかった」と離職するケースが増えているそうですが、事前に十分にわかりあっての入社でなかったことがその一因でしょう。そして求人において、なんでもかんでも「差別」に結び付けて禁止にするのはいただけません。「30代男性」が欲しい企業でも年齢や性別で枠を決めるのは差別になるからと求人票には〝男女ともに年齢不問〟と記載します。それを見たあらゆる年齢層の男女が応募したところで企業は最初から「30代男性」と決めているのですから、30代女性や50代男性が採用されることはありません。無駄足を踏んだ応募者は「それなら最初からそう書いておけよ」と思うでしょうが、国がそれを許さないのです。

求職者にとっては「履歴書を書く」「面接に赴く」、企業にとっては「面接をする」「断る」と双方にとって無駄な作業が発生するだけでなにもいいことがないのに、困ったものです。出自・信条による差別はあってはなりませんが、入社前の面接で本来の姿を見せあい「後の喧嘩を先にする」ことは長く仕事を続けていく上で絶対に必要なことだと思うのですが。

(2023/10/13)

トイレとは窮地のオアシスである

鹿児島市草牟田（そうむた）町の伊敷中学校前バス停横にあった公衆トイレが、2023年9月下旬に撤去されたというニュースがありました。もともと鹿児島市内に路上トイレは3ヶ所ありましたが、2020年から順次撤去され最後に残っていたのが今回のものでした。

これにより市内の路上トイレはすべて姿を消したことになります。

このトイレは市が地域の要望を受け1991年に設置したもので、散歩や通学中の、いざという時の駆け込み場所として重宝されていました。市は撤去の理由を「経費削減と周辺の環境の変化のため」としていますが、地域住民からは「不便になった」「高齢者は困る」との声が上がっているそうです。〝経費削減〟といいますが、このトイレの点検費や維持費などの年間経費は数万円だったということで思ったより安いものです。自治体としては「少しでも節約を」と考えたのかもしれませんが、市民の利便性と天秤にかけたら存続の方が良かったのでは。

なぜならこのトイレは人通りの多い国道3号線沿いに立地しており、市環境保全課によると撤去直前にも1日当たり約30人が利用していたそうで、年間数万円の金額なら入り口に料金箱を置き1回10円の徴収でも十分に賄うことができたからです。もう一つの理由の〝周辺の環境の変化〟とはこの路上トイレから半径約350メートル圏内に2ヶ所のトイレ付きの公園ができたことを指していますが、350メートルが近いのか遠いのかは微妙なところでしょう。

本当に切羽詰まったその瞬間は1メートルすら果てしなく遠く感じるものです。都市部ではいたるところにコンビニがあり急に催した時に助けてもらえますが、地方ではそうはいきません。周辺に施設の少ない地域の公衆トイレは砂漠を進む旅人にとってのオアシスと同じで、なくてはならない心の拠り所です。過去何回も間に合わなかったことがあるわたしが言うのですから間違いありません。

（2023/10/13）

なぜそんなに電話をかけたいのだ

北海道から東北・北陸にかけ野生のクマの出没が増えており、特に秋田県では50名以上が襲われケガをしています。それもけっして人里離れた山奥に分け入っての被害ではなく、農作業や草刈り、散歩など日常生活を送るなかで襲われているのですから、当該地域に住んでいる人たちはとても他人事とは思えず、さぞかし不安な毎日でしょう。

それを受け秋田県は2023年11月からクマの狩猟期間に入ることを踏まえ、駆除を担う猟友会が使用する弾丸の購入費用を県が補助する考えを表明するなど、住民の安全を確保するために積極的なクマ駆除の方針を示しています。わたしの住む地域でも野生動物を見かけることはありますが、それらはイタチやタヌキ、キジなどで、ほぼ襲われる心配はありません。しかし、もしそれらの動物の中にクマが含まれていたら怖くて散歩もできないでしょう。

ですから秋田県の姿勢は住民サービスとしていたって当然のものですが、なんにでもいちゃもんをつける人がいるのは困ったものです。2023年10月4日から5日にかけて美郷町で野生のツキノワグマ3頭が作業小屋に居続け、地元の猟友会が駆除したと報じられると秋田県庁や美郷町役場に「クマがかわいそう」「なぜ殺すんだ」と抗議の電話が殺到したというのです。それもほとんどが自身を名乗らず一方的に喚き散らすばかりというのですから質（たち）の悪いことこの上ありません。

知事はそんな無礼な電話に対しては「『ガチャン』とすぐに切れ」と指示しているようですが、現場の担当者は「役所にかかってきた電話だけに一方的に切るわけにはいかない」と頭をかかえているそうです。実際にクマに襲われて九死に一生を得た人が言うのならまだ説得力もありますが、自身は安全な場所にいて「クマがかわいそう」なんてよく言えるものです。そんな人たちはもし、目の前にクマが現れ今まさに跳びかからんとしていても「クマを殺さないで」と言えるのでしょうか。きっと「早く撃って」と叫ぶに違いありません。

　そもそも行政も喜んでクマを殺しているのではありません。ひとたび人里で食料を得た野生動物はその場所を覚えており、またいつやって来るかわかりません。そのたびに住民は危険にさらされるのです。人間とクマ、どちらの生活を優先すべきかは言うまでもありません。こんなことは少しばかりの想像力があればすぐにわかるはずですが、それを理解できない人が電話をかけているのです。

　この苦情が殺到し、その対応で役所の業務が停滞していることが報じられると、今度は逆に「頑張ってください」や「気にしなくて大丈夫ですよ」といった電話がかかってくるというのですから〝何か一言〟言いたい人のなんと多いことか。こちらはいたずら電話にも似た苦情よりは随分マシですが、この電話もまたあまりに多いと業務に支障をきたします。

「わたしは動物愛護精神にあふれた優しい人」「わたしは役所の職員を慮（おもんぱか）ることのできる優しい人」と、どちらも当の本人は正義のつもりでやっているのでしょうが、周囲の迷惑となるその行為はただの自己満足でしかありません。

（2023/11/05）

フェイクはだか

毎年2月に愛知県稲沢市の尾張大國霊神社国府宮で開催される奇祭「はだか祭」の神事「儺追笹奉納」に、2024年から地元の女性団体も参加する見通しになったというニュースがありました。

この「はだか祭」は日本三大奇祭にも数えられる1200年以上続く祭りで、神男に触れて厄を落とそうと数千人の下帯姿の裸男たちが参道いっぱいに広がり激しくぶつかり合うものです。そんな雄々しい祭りに、いかに男女平等、ジェンダーレスといえど女性が、それも下帯だけのオッパイ丸出しで参加とは、と思いきや「女性は着衣で」、さらに「けがのおそれのある『もみ合い』には参加しない」というのですからわけがわかりません。

この祭りは〝はだか〟での〝激しいもみ合い〟が大きな特徴の祭りです。そのどちらにも対応せず、果たして「参加した」ことになるのでしょうか。地元の約30人の女性団体が翌年の祭りへの参加を希望したことから対応を検討していたそうですが、彼女たちの意図はいったいなんだったのでしょうか。「男だけが参加できるのは不平等」「時代とともに変化が必要」と考えてのことだとしたら、これほど愚かなことはありません。どれだけ男と女に差をつけてはいけないと言ったところですべてが同じにというわけにはいきません。「女性は着衣で」というのもそのためでしょう。

百歩譲ってどうしても参加するというのなら、いままでのしきたりを丸ごと踏襲しなければならないのに、女性が参加するためにむりやり長年の伝統を変えてしまうなんて言語道断です。たしかに時代とともに社会生活を送る上での不都合、不合理を修正することは必要ですが、それは日常生活においてのことで、「祭り」という非日常にそれを持ち込むべきではありません。「気に入らないことはなんでも変えてしまえ」、ましてやそれがほんの少数者によるものだとしたら恐ろしいことです。そんなものにいちいち対応していたらとても文化なんて育ちません。

（2023/11/11）

「生活保護のしおり」から消えた文章

群馬県が生活保護受給者や、その希望者に向けて配布する「生活保護のしおり」を改訂したというニュースがありました。これは同県桐生市で発生した生活保護関連の問題を調査するために、社会福祉の専門家や支援団体関係者らで結成した全国調査団が、県の担当者に対し「丁寧でわかりやすい内容とするように」と改善を申し入れたことを受けたものです。

せっかくのしおりが複雑で読み手が理解できなければ何の役にもたちません。〝丁寧でわかりやすく〟は結構なことですが、その改訂内容を見て驚きました。なんと旧版のしおりの冒頭にあった「一日も早く自分たちの力で暮らしていけるように、また、毎日の暮らしに〝はり〟をもっていただけるように手助けをする制度です」という文言がすべて削除されているのです。そして、その理由が「生活保護の目的には〝一日も早く〟なんてなく、生活保護利用は悪と言わんばかりだから」というのですから呆れます。

生活保護は、なんらかの理由で働くことができなくなり収入を得られなくなった人が利用するもので、それは本来一時的なものであるべきです。病気やけがで恒久的に働けないのなら障害年金など他の給付で対応すればよく、「生活保護があるから働けるけど働かない」なんて許されることではありません。「(今は無理でも)一日も早く保護なくして自分の力で稼ぐ」のどこに問題があるのでしょう。

また、生命保険は解約して返戻金を生活費に充て、自動車の保有も原則として認めないとあったものも、生命保険は保険料や返戻金が少額ならば継続加入が可能、自動車の保有も障害があったり公共交通機関の利用が著しく困難な地域に居住し通院や通勤に必要ならば認められる場合があると改められています。普通に働いて自分が稼いだ金で生活している人の中にも「貯蓄が底をついたから保険を解約する」「維持費を捻出できないから自家用車を売却する」ことはいくらでもあります。みんなぎりぎりの中で遣り繰りして頑張っているのです。その人たちが、「保険に加入し自家用車を乗り回す生活保護受給者」を見てどう思うのか。

わたしは生活保護受給者からは「何もかも取り上げろ」と言っているのではありません。場合によっては認めざるを得ない場合も当然あるでしょう。しかし、それはあくまで例外であって個々に判断すればよく、明文化する必要はないと言っているのです。これらの文言により、いたずらに希望をちらつかされた来訪者に対し〝少額〟や〝不便〟

なんてあいまいな言葉で可か不可を決めなければならなくなった窓口担当者の疲弊が目に浮かびます。

篤志家が「かわいそうだから」と自分の金をばら撒くのなら何も言いませんが、生活保護費の原資は税金です。税金を使う福祉に不公平感があってはなりません。自助、共助、公助と生活保護は最後の命綱であるはずが、いきなり「さあ、どうぞ」となれば税金を納める国民の不公平感は増すばかりです。

（2024/05/17）

3　奇妙な話

どちらかと言えば不快な話が続いたので、気分を少し変えましょう。ニュースの中には、いったいどう解釈すればいいのかわからないものがあります。

何か教訓があるわけではない。今後の人生に役立つとも思えない。しかしなぜか気になる。その背景を知りたくなる。そういうニュースです。

ただ、こういう話をいくつか頭に入れておくという行為には意外と意味があります。他人と話をする際に、政治、宗教、スポーツなどは避けたほうがいいというのは定説です。立場がわかれるので、相手が嫌な気持ちになるリスクがあるからです。

その点、この種の話は罪がありません。「へえ、そんな面白いことが」「なんでそういうことになるんでしょうね」と盛り上がりやすいのです。

逆に、この手の話に興味を持たず、「何が言いたいのかわからない」というタイプの人とは距離を置いてもいいのかもしれません。

人形と結婚したい

ニューヨークのブロンクスに住む36歳のシングルマザーの女性がＡＩアプリで作り出した仮想の男性と結婚したというニュースがありました。

この女性は取材に訪れたニューヨーク・ポストに対し「昨年彼に会い、今年彼と仮想結婚をした」「私たちは愛し合っている」と話しています。彼女の「夫」はエレン・カルタルという名で青い目を持ち、最も好きな色はあんず色でインディー音楽を好み、職業は「医療専門家」ということです。女性の言う「夫」の長所は、忠実で相手を見下したりしないところだそうです。さらに「人々は態度、自我のようなものがあって重荷になるが、ロボットには悪い面がない」「私は彼の家族や子供たちに気を遣わなくてもよくて、私が統制して望み通りにすることができる」と言いますが、そりゃそうでしょう。

なにしろ自分の好みを入力し都合のいいように作り上げたのですから。

しかし、近年のAI恐るべし。最近アプリがアップデートされたため「夫」の性格に変化が見られるようになったことが少し不満だそうです。もっとも、また条件を追加すれば自分好みのものに戻せるのですから心配はいらないのでしょうが。このアプリを使うためには月額サブスクリプション300ドル(約4万2000円)が必要だそうですが、それで年を取ることのない永遠の理想的な伴侶が手に入るのですから、彼女にとっては安いものなのかもしれません。

今から20年以上前、わたしが構成で参加するテレビ番組「探偵!ナイトスクープ」にマネキン人形と結婚したいという女性の依頼がありました。その内容は「5年前にイベントで見た男性のマネキンに一目ぼれしたが、イベントが終了した後の〝彼〟の居所がわかりません。どうか捜し出してください。そして結婚させてください」というものでした。会議では「なんちゅう依頼や、こんなの放送できるんか」という声もありましたが、わたしには「これは名作になるのでは」との予感があり、このネタを採用しました。

そしてロケ当日、女性は「フォーマルハウト」とドイツ人のような名前を勝手に付けた〝彼〟への想いを熱く我々スタッフに伝えました。彼女の依頼が本物だと感じた探偵は調査を開始し、ようやくそれらしきマネキンが保管されている倉庫を割り出しました。そこで奇跡が起きました。何百、何千体とある裸のマネキンを前に彼女は脇目も振らずにまっすぐ歩き始めたのです。そして辿り着いた先になんと「フォーマルハウト」がいたのですからスタッフ一同驚きました。彼女によると「わたしを呼ぶ彼の声が聞こえたの」。それから彼女の親族、「フォーマルハウト」の親族（マネキン会社の社員のみなさん）参列の結婚式が執り行われました。公開録画会場のスタジオにいた観客からは感動の、そして祝福の拍手が湧きおこり、見事にこのＶＴＲは名作の仲間入りを果たしたのです。

しゃべる、ほほ笑む、見つめることのできる進化したＡＩ夫はマネキンと比べてはるかに人間らしいものですが、残念ながらそこに体温は感じられません。ニューヨークのシングルマザーはこれからもそれでいいのでしょうか。ちなみにマネキンと結婚した女性はその後、「フォーマルハウト」とは〝離婚〟し、体温のある生身の男性と無事〝再婚〟しました。

（2023/10/20）

意外なパイオニア

２０２３年のプロ野球は阪神タイガースの38年ぶり日本一で幕を閉じました。そのＮｏ．１を決める日本シリーズは相手がオリックス・バファローズという関西球団同士の対戦となり、さらに第7戦までもつれ込む接戦で、最終戦の瞬間視聴率が関西地区で50パーセントを記録するなど大阪は大いに盛り上がりました。

視聴率50パーセントとはテレビを見ている人の半分という意味ではなく、電源が入っていないものも含め全テレビの半分がそれを見ているということです。ですからその瞬間の関西はまさに点いている全画面が同じのヨドバシカメラのテレビ売り場状態だったのです。

そんな久しぶりの優勝にファンの皆さんが喜ぶのはわかりますが、あまりにも羽目を外し過ぎるのはいただけません。繁華街のミナミには警察官が１３００名も動員され警戒に当たりましたが、そのすきを見て相も変わらず道頓堀川に飛び込む者が40名近くもいたのですから呆れます。この川は底が見えないほど濁っており、水質も極めて悪い、とても泳げるような場所ではありません。そんなところによく平気で飛び込めるものです。上がってきたら悪臭ふんぷんでしょうし、なによりバイキンだらけの水に顔をつけるなんてとても正気の沙汰ではありません。本人たちは「注目されてる」と有頂天なのでしょうが、全国の人が「阪神ファンってバカだな」と思っているのに早く気付くべきです。

ちなみに道頓堀川に飛び込むのは阪神ファンの専売特許のように思われていますが、実は1985年、学校で好調に首位を走るタイガースを応援する阪神ファンの同級生が「今年は優勝や」と言うのを聞いた巨人ファンの高校生が悔し紛れに「阪神が優勝したら道頓堀に飛び込んだるわ！」と宣言し、本当に阪神が優勝してしまったため仕方なく飛び込んだのが最初でしたから、彼さえいなければこんな悪しき風習も定着しなかったのかもしれません。

行政は事あるごとに飛び込む者が後を絶たない道頓堀川での事故を防ごうと、「今日は飛び込むかも」という日には川底への衝突を防ぐために水門を開け水量を増やし水深を50センチほど上げているそうです。しかし、そんなことをすればバカな連中は逆に「安全だ」と思い、さらに飛び込む者が増えてしまうのではないでしょうか。危険極まりない行動は絶対にやめさせたいものですが、マスコミも毎回「今日は○○人飛び込んだ」と煽りにも似た報道しかしていません。もはや絶対に飛び込ませないためには逆に水門を閉めて水深0センチにするしかないのかも。

(2023/11/11)

32万円のチキンサンド

検疫とは入国する際に、禁止されている動植物や食品などを持ち込んでいないかを調べるものです。ニュージーランドに住む77歳の女性が、カバンに入っていたチキンサンドイッチのせいで検疫に引っかかり3300豪ドル(約32万円)の罰金を言い渡されたというニュースがありました。

この女性はニュージーランドのクライストチャーチでサンドイッチを購入して後で食べようとカバンに入れました。しかし、そのまま忘れて飛行機に乗ってしまい、次にカバンを開けたのが到着地のオーストラリアの空港検疫だったのですから大変です。なにしろ島国のオーストラリアの空港は、固有の生態系を守るために検疫の厳しさは世界トップクラスと言われています。そんなところで食肉製品の輸入許可を得ていないサンドイッチが見つかったのですからもう逃げも隠れもできません。すぐに申告違反で330豪ドルの支払いを命じられたというわけです。

たしかにオーストラリアの空港の厳しさは有名で、ゴルフシューズの底にわずかでも芝がついていようものなら、すぐに「別室へご案内」となりますので日本人は出国時に旅行会社からくれぐれも注意をするようにと言われ、緊張を強いられます。

それにしても今回の御婦人の場合は単にサンドイッチを持っていることを忘れていただけで〝密輸〟の意志がなかったのは明らかです。にもかかわらず厳しい措置をとるのは「違法な持ち込みは断固として許さず、徹底的に取り締まる」という強い意志の表れでしょう。翻って同じ島国の我が国の場合はどうでしょう。明らかな常習犯や桁違いに大量の持ち込みでない限り、禁止物が見つかっても「持ち込めません、放棄してください」と、その物品を任意に手放すだけで済んでいるのが実情ではないでしょうか。誰にでも〝うっかり〟はありますので、持ち込み禁止物を見つけたからといって有無を言わさず追い詰めることは酷かもしれませんが、そこに『国を守る』意識の違いを感じてしまいます。

ニュージーランド人女性は持っていることすら忘れていた未開封のサンドイッチにそこまでの罰金が科せられるのは過剰対応だと訴えたものの、オーストラリアの農林水産省の広報担当者はオーストラリアでは缶入りでない食肉製品は輸入許可証がない限り持ち込みは許可されていないことを強調し、「旅行者が危険物品の申告を怠った場合、最高６２６０豪ドル（約61万円）の違反通知を受ける可能性がある。今回は３０００ドルほどで済んだだけで幸運だ」とまったく意に介していないそうです。

（2023/12/01）

マネーフンダリング

アメリカ・ペンシルベニア州ピッツバーグに住む夫婦が、銀行で下ろしたばかりの現金４０００ドル（約58万円）を飼い犬に食べられてしまったというニュースがありました。

この夫婦は自宅フェンスの工事代として業者に支払うお金を銀行で引き出し、家のカウンターの上に置きその場を離れました。その後、30分ほどして部屋に戻るとカウンターに置いたはずの札束はなく、粉々になった紙幣が床一面に散らばっていたのですから大変です。そして、その悲惨な現場には夫婦の飼い犬「セシル」しかいなかったのですから、〝状況証拠〟的にはどうみても彼が犯人です。さらに「セシル」から出て来たフンの中に紙幣の切れ端という〝物的証拠〟が大量に見つかったのですからもう逃げも隠れもできません。しかし、この悪者は自分のしでかしたことを理解しておらず尻尾をぶんぶん振って寄ってくるのですから可愛いやら憎らしいやら。

夫婦も「セシル」がヤギだったら〝紙のお札は食べられてしまう〟と用心したのでしょうが、まさか犬が紙を食べるなんて思いもよらなかったようです。大金を失った夫婦は藁（わら）にも縋（すが）る想いで銀行に相談すると「お札の表裏に印刷されている通し番号が残っている紙幣を持ち込めば新しいものと交換できる」と言うではありませんか。

すぐに「セシル」のウンチから紙幣を取り出す、文字通りの「マネーロンダリング（お金の洗浄）」を行い、部屋中に散らばった紙幣の切れ端をかき集めテープで貼り合わせて銀行に急ぎました。通常、紙幣の交換は札の端が少し破れただけのものがほとんどですから、ここまでバラバラのものは珍しく、持ち込まれた銀行員も「なんか臭いな（いろんな意味で）」と思ったことでしょうが、なんとか3550ドルを新札と交換することに成功しました。ほっと一安心の夫婦はもう二度と犬の前に現金を置くことはないでしょう。

「セシル」はゴールデンレトリバーとプードルのミックス犬でしたが、ちなみにラブラドールレトリバーやゴールデンレトリバーなどの〝レトリバー〟とは猟銃で撃った水鳥などの獲物を回収してくる犬のことです。そんなレトリバーにもかかわらず自分のいたずらで飼い主の方にウンチの中から現金の回収を強いるとは「セシル」は本当に困った犬です。

（2024/01/26）

タクシードライバーの事件簿

和歌山県警白浜署が、自殺をしようと「三段壁（さんだんべき）」を訪れた乗客の命を救った地元の同じタクシー会社に勤務する二人のドライバーに感謝状を贈ったというニュースがありました。

「三段壁」とは南紀白浜の観光名所で、千畳敷の海岸にそそり立つ高さ50メートルほどの「そこから落ちたらひとたまりもない」と思われる断崖です。54歳の運転手は、紀伊田辺駅から女性客を一人乗せました。午前0時10分といいますから真夜中です。女性は行き先を二転三転させた後「三段壁へ」と。

こんな時間に「三段壁」なんてどう考えてもおかしいと感じた運転手が「『アレ』しにきたんか?」と聞くと女性は「うん」(ちなみに『アレ』は阪神優勝でも〝事件の謎解き〟でもありません)。そのただならぬ様子に「降ろすわけにはいかない」とタクシーを白浜署に横付けしました。

また、別の68歳の運転手は午後5時40分頃、白浜駅で一人の女性客を乗せ「三段壁」に向かいましたが、観光客にしては荷物が小さなカバンだけ、そのうえ表情も暗かったことを不審に思い「誰かと待ち合わせですか?」「どこに行くの?」と話しかけたところ、女性は突然涙を流し始めたそうです。「このまま別れたら彼女は……」と感じた運転手は110番通報し、駆けつけた警察官に後を託しました。

どちらも運転手が「俺らの仕事は言われるままに客を運ぶだけ」と考えていたら違った結末を迎えていたかもしれません。感謝状を手に運転手さんは「素晴らしい白浜を自殺の名所にしたくなかった」と答えています。彼らの地元愛と仕事に対するプライドが最悪の結果を回避したのです。

「俺が、俺が」と自己の欲望のためだけに頑張る〝上級国民〟のいやなニュースばかりを見せられる毎日ですが、市井(しせい)の人たちは誇り高く、また他人に対するやさしさを忘れずに生きていると感じたニュースでした。

(2024/03/08)

新潟の人口が日本一だった時代

2024年3月16日、東京と金沢を結ぶ北陸新幹線が敦賀へ延伸し、東京から福井まで乗り換えなしで行けるようになりました。初めて新幹線が通ることになった福井県の喜びはすさまじく、地元の福井新聞は東京へ向けた一番列車が敦賀駅を6時11分に発車するとすぐさま「今、一番列車が敦賀駅を出発しました」と〝号外〟を発行し、さらにその後も「今、越前たけふ駅を出ました」「今、福井駅を出ました」と芦原温泉駅までの県内各駅を通る度に二弾、三弾と追加発行するはしゃぎぶりでした。

今まで福井県民は金沢まで在来線で行き、そこから新幹線に乗り換えて東京に向かっていたものが、今回の延伸により乗り換えなしの一本になったのですから時間短縮も含めすこぶる便利になります。しかし、それとは逆に福井から大阪に向かう場合、特急サンダーバードで直通だったものが、新幹線が敦賀まで延びたことによりサンダーバードの終点は敦賀駅になり、そこで必ず乗り換えなければならなくなり延伸の恩恵はほとんどないどころか不便になったとさえ感じます。

進学や就職でふるさとを後にするとき、いままで北陸地方からは首都圏とおなじくらい近畿圏にも人が流れていましたが、今回の延伸による時間短縮で今後ますます首都圏一極集中にならないか心配です。

明治時代に新潟県が人口日本一だったことがあります。これは主な産業が農業だった時代に、現代でもコメどころとして知られる新潟県にはそれだけの人口を食わす食料とそれを作る豊かな土地があり、またなにより多くの稲作の仕事があったからです。それが日本の近代化が進むとともに工業が盛んになり、東京や大阪など太平洋側の人口が増えるようになりました。要するに仕事のあるところに人は集まるのです。

そして今では東京、神奈川、埼玉、千葉のたった4都県で構成される東京圏に日本の総人口の3分の1が集中する事態となり、その結果、新築マンションの平均価格が8100万円（東京23区に限れば1億1400万超円）まで高騰しているのですから困ったものです。これでは日本人でありながら日本にマイホームを持つこともできません。交通網や通信網の発達により国土はどんどん小さくなっていますが、そこに住む人々の幸福度を含めた格差は大きくなるばかりです。

（2024/03/23）

孤独死の裏にあるもの

2024年6月までの上半期に一人暮らしの自宅で亡くなった人が全国で3万7227人（暫定値）に上ったというニュースがありました。そのうち85歳以上が最多の74

98人で、そのあとに75～79歳の5920人、70～74歳の5635人と続き、65歳以上が76％を占めています。

しかし、孤独死は高齢者だけではありません。30歳代が512人、20歳代が431人、さらに15～19歳も42人いたということで、親元を離れた一人暮らしの若者が不慮の病に倒れたと考えると不憫でなりません。

家族が同居している場合は朝に起きてこなければ「どうしたんだろう」と様子を見に来てすぐに見つけてくれますが、一人暮らしだとそうもいきません。死亡推定から遺体発見までの経過日数は、全体の約4割にあたる1万4775人が当日～1日以内でしたが、この人たちは現役で仕事をしていて無断欠勤で心配してくれる人がいる、あるいは近所に親しく気遣ってくれる人がいたのでしょう。反対に周囲との交流が乏しかったのか1ヶ月以上経ってから発見された方が3936人と約1割もいたのは考えさせられます。周囲に誰もおらずたった一人で死んでいくのも悲しいものですが、周囲にたくさんの人（それも顔見知りの）がいたのにもかかわらずたった一人で死ぬのはさらに寂しいものがあります。

アメリカの銀行で従業員が自分の机に伏したまま亡くなっているのにもかかわらず、

誰にも気に留められず発見されるまで4日を要したというニュースがありました。この従業員は60歳の女性で、勤務中に自分の机で突然亡くなったようです。日本の会社はワンフロアに机を並べて顔を突き合わせながら仕事をするのが主流ですが、映画やドラマで見るアメリカのオフィスは一人1部屋とはいかないまでも簡易的にでも仕切りを立て、ある程度のプライバシーは保たれるようになっています。この女性の机もパーテーションで仕切られた中にあったため発見が遅れたようですが、それにしても4日間とは。そのあいだ彼女には一つの業務連絡もなかったのでしょうか。また、ランチに誘う同僚はいなかったのでしょうか。退勤後に「ちょっと一杯」の友人はいなかったのでしょうか。亡くなったことだけでなく、いろんな意味で悲しくなるニュースでした。（2024/09/13）

4　重い罪と軽い罰

日本では罪と罰が釣り合っていないのではないか——これまでも、さんざん指摘したことです。

それどころか油断すると、刑務所での待遇などで、より犯罪者に優しい環境を整えようとする人たちが結構いるのです。彼らにも人権がある、というのです。もちろん人権はあるに決まっています。しかし罪を犯し服役している者の人権と、わたしたちの人権がまったく同じでいいはずがありません。「人権派」とされる人たちが、なぜこの点について極めて乱暴に一くくりにしようとするのか、あるいは犯罪者のそれを拡充しようとするのか、わたしにはまったくわかりません。

出所後について対策を講じようというのならばまだわかります。再び犯罪に走らないように追い込んではいけないというのは、それなりに理屈が通っています。

ところが彼らは、ひたすら犯罪者を甘やかすことにのみ注力しているようにわたしには見えます。彼らの心のケアにはとても熱心です。

しかし実際に傷ついているのは言うまでもなく被害者です。量刑が軽い罪であっても、時には他人の人生を狂わせることもあるのです。痴漢行為で心に深い傷を負う人もいます。万引きが横行すれば、書店は潰れます。軽い気持ちのつぶやきが人を自殺に追い込むこともあります。

刑法上の量刑はあくまでも一つの目安に過ぎません。その基本を忘れてはならないのではないでしょうか。

死刑は残虐だという人たち

２０１９年7月、京都市伏見区にあるアニメ制作会社「京都アニメーション」に放火し、社員36人を死亡させ、32人に重軽傷を負わせた男の裁判員裁判で検察が死刑を求刑したというニュースがありました。多くの善良な市民にはとても納得できることではありませんが、残念ながら現在の日本では被害者が1人の殺人事件で死刑になることはほとんどありません（いわゆる永山基準）。しかし、今回の事件は36人という過去に類を見ない死亡者数ですので死刑求刑は当然でしょう。それに対し弁護側は「死刑は残虐だからするべきではない」と主張するのですから笑ってしまいます。

この被告は生きている人間に火を点け焼き殺した犯人です。被害者は炎に包まれながら、この世に多くの未練を残して命を絶たれたのです。これ以上の〝残虐〟があるでしょうか。彼らの苦しみや悲しみに比べたら絞首刑なんて生やさしい処刑ではとても間尺に合わないくらいです。

それにしても事件発生から4年以上も経ってようやく結審だなんて遅すぎです。被害者遺族がこの期間をどんな気持ちで過ごしてきたのかと考えるといたたまれません。裁判で最も重要なことは冤罪を生まないことで、そのためには本当に被告が犯人か慎重に見極める必要があるのは理解できますが、この被告は京アニに侵入しようとしているところ、火を放ったところなどの犯行を複数人に目撃されており、ほとんど現行犯状態ですから犯人に間違いありません。司法関係者に被害者、そしてその遺族に対して哀悯の念があるのなら、さっさと処分を決めて一日も早く事件に終止符を打つべきです。
この事件の犯行理由は被告の「自分のアイディアを京アニが盗用した」との思い込みによる逆恨みでした。もちろんこんなものは情状酌量の材料にはなりません。誤解を恐れずに言うなら、情状酌量とは「突然、何の落ち度もない大切な人の命を奪われた被害者遺族が、犯人を殴る蹴るで殺したことの裁判で無罪を言い渡す」ときにだけ使うことのできる言葉です。

（2023/12/18）

死刑の執行猶予

2023年中は「死刑」が一件も執行されなかったというニュースがありました。23年は「凶悪犯罪が極端に少なく死刑宣告を受けた者が一人もいなかった」なんてことはあるわけもなく、新たに3人が確定したほか前年までに確定している者も含めて107人もの死刑囚がいたのにもかかわらず、誰一人執行されなかったのです。

死刑は判決確定から6ヶ月以内に執行されなければならないと法律で決められていますが、未執行の最長は福岡県で発生したマルヨ無線事件の1970年確定といいますから、なんと50年以上もほったらかしになっているのです。

死刑囚は全員が殺人犯です。大切な人を殺された遺族は仇討ちすることも許されず司法にすべてを委ねるしかない中、この現状をどう感じているのでしょう。死刑執行ですべてが終わりにならないまでも、被害者がこの世にいないのに対し、加害者はのうのうと生きているなんて悔しくて仕方がないことでしょう。死刑より軽いとされる懲役刑が服役中に労働を強いられるのに対し、死刑囚には労働義務はありません。死刑囚は国が「お前には生きている値打ちがない」としているのにもかかわらず、一方で働かせもせず国費で食っちゃ寝を続けさせているのですからわけがわかりません。

その結果が……。広島拘置所で16年以上監視カメラがある居室に収容されているのはプライバシー権などの侵害で違法だとして、強盗殺人罪などで死刑が確定した70歳の男性死刑囚が国に2112万円の損害賠償を求めて広島地裁に提訴した裁判の第1回口頭弁論で、国は請求棄却を求めました。この死刑囚は2007年に死刑判決が確定していますす。それから16年以上執行しないで挙句の果てに〝待遇が悪い〟と訴えられるのですから国も堪ったものではありません。

この際〝請求棄却を求める〟なんて悠長なことを言っていないで、さっさと死刑執行して裁判自体を無いものにすればいいのです。〝人権派〟弁護士などは「死刑反対」を声高に叫びますが、彼らが守りたいのが加害者の人権であるのに対し、多くの善良な国民が最も守りたいのは被害者の人権です。

（2024/01/26）

受刑者さまのお通りだ

法務省が刑務所や拘置所に収容されているすべての人を２０２４年４月から「さん」付けで呼ぶよう各所に指示するというニュースがありました。

今まではほとんどの刑務所では受刑者を呼び捨てにしていましたが、これからは「○○さん」とまるで先輩やお客さんに対するようにするというのです。これは２０２２年に発覚した名古屋刑務所の刑務官による受刑者への暴行事件を受けた改革の一環で、名古屋刑務所では彼らを「懲役」と呼ぶなど不適切な呼称が横行していたことで人権意識が希薄になり、それが暴行事件につながったと考えたようです。

「極寒の網走刑務所で満足な食事も与えられない上に過酷な労働を強いられ怪我や栄養失調で命を落とす」なんて大昔の話で、現代の刑務所は「空調完備の上に栄養計算された食事が三食用意され、土日休みの完全週休2日制」と残業休出当たり前のブラック企業の社員が聞いたら羨むばかりの待遇です。そんな肉体的負担のほとんどない受刑者の、さらに精神的負担まで取っ払おうというのですから、この国はどこまで犯罪者にやさしい国なのでしょう。

そもそも刑務官の不祥事が問題なら、彼らへの教育を徹底すれば済むことで、そこに〝受刑者〟を巻き込む必要はありません。刑務所が矯正、あるいは懲罰のための施設であるなら、同じ人間であってもそこには明確な上下関係がなければなりません。さもなくば「なんであんたの言うことを聞かなければならないの」と秩序も何もあったものではなくなります。「受刑者も刑務官も同じ人間だから、そこに上下関係があるのはおかしい」なんてきれいごとはやめてもらいたいものです。

そして今回の決定には受刑者にも刑務官を「先生」と呼ばず「職員さん」「担当さん」

にするよう求めることも含まれています。先生とは本来年長者や、学校の教師や医師、弁護士などその知識を自分のために使ってくれる人に対しての敬意を込めた呼称だったものが、いつのまにか「当たり障りのない呼び方」や「相手の機嫌を良くする呼び方」に変わってしまいました。

その最たる対象が〝議員〟です。面白いのは「揉め事を避けるために、これでもかというくらい気を遣え」という風潮の昨今、先生側（議員は除く）もすこぶる丁寧になっていることです。学校ではモンスターペアレント対策もあり父兄は「保護者の皆さん」ですし、病院ではモンスターペイシェント対策でさらに上をいく「患者さま」になっています。「病気を治して」とお願いする立場でありながらのお客さま扱いなんておもはゆいことこの上ありません。「丁寧に丁寧に、波風立てないように」とこんなことが続いていけば、そのうち犯罪者さえも「受刑者さま」と呼ぶことになりかねません。

（2024/02/24）

受刑者の自由をどこまで認めるか

心と体の性が一致しないトランスジェンダーの元受刑者が、収容されていた尾道刑務支所で意に反して髪を短く刈られたのは人権侵害にあたるとして、広島弁護士会が法務大臣と同刑務支所長に対し、全ての男性受刑者に髪型を強制しない旨の勧告書を送付したというニュースがありました。

これは戸籍上は男性の受刑者が「短くしたくない」と職員に訴えたのにもかかわらず強制的に髪を刈り上げにされたことに〝人権大好き〟弁護士たちが立ち上がったものですが、現状では刑事収容施設法や法務省の訓令により男性受刑者は頭全体を2ミリに刈る「原型刈り」などの短髪にすることが決められています。刑務所は言うまでもなく罪を犯した人が入るところです。法治国家では〝してはいけないこと〟を法律というルールで示していますが、それを守れない人が罪を犯すのです。刑務所が矯正施設だとしたら、受刑者にまずルールを守ることを教え込む必要があり〝頭髪基準〟はそのルールのひとつです。にもかかわらず、それを守ることが〝人権侵害〟だというのですから呆れます。

そもそも犯罪者は例外なく他人の生命・財産などを脅かした者です。他人の人権をないがしろにする者の人権なんて二の次三の次でいいのです。勧告書は「昨今の性的少数者に関する社会的情勢をも踏まえれば（中略）、戸籍上の性別を理由とする別異取扱いに合理的理由は見当たらない」とも指摘していますが、ここにもLGBT法の弊害がでています。そして「女性受刑者には長髪が認められているのに男性だけに短髪を強いるのは差別だ」と言うのなら、それこそ女性受刑者も「原型刈り」をルールにして平等にしたらいいのです。少々乱暴な言い回しになってしまいましたが、それほどまで〝罪〟は憎むべきものであり、それを犯した〝人〟も憎まれても仕方がないのです。

今回の対象者が元受刑者ということは既に刑期を終えて出所しているのでしょう。無理やり刈り上げられた頭髪も今ごろはすっかり伸び、お気に入りの髪型となっているかもしれません。彼（彼女）が今でも「『原型刈り』は嫌だ」と言うのなら金輪際、刑務所に入れられるようなことをしないことです。

（2024/02/03）

コロナと借りパク

「借りたものは返す」、こんな当たり前のことがなぜできないのでしょう。

新型コロナウイルス流行時に自治体が自宅療養者に対し貸し出していたパルスオキシメーター（血液中の酸素濃度測定器）の多くが返却されないままになっているというニュースがありました。全都道府県に確認したところ45都道府県から回答があり（2県は返却の調査状況の確認すらしていなかった）、それによると確保した約1765300個のうち、なんと約30万個も未返却だそうです。

パルスオキシメーターは1個5000円ほどで約15億円が行方不明になっている計算になります。未返却数が最も多かったのは東京都で、貸し出した43万個のうち7万個も戻ってきていません。また〝未返却率〟でいえば沖縄県では44％と半分近くが戻されていないという惨状です。

貸し出しは都道府県以外に市や区なども独自に行っていましたから、実際の被害額はさらに多いことでしょう。係員が電話で返却を促しても「なくしました」「壊れました」「忘れました」なんて呆れた答えの続出だといいます。借りたものをなくしたり壊したりなんてあってはならないことですが、それでもそうなってしまったら〝弁償〟という方法があります。それもせずして知らんふりを決め込むなんて、日本も随分と情けない国になったものです。さらにひどいのはインターネット上のフリーマーケットに出品されているケースまであったようで、〝借りパク〟したうえで儲けようとは道徳心のかけらもありません。

ほとんどの自治体は回収にかかるコストが割に合わないと督促をあきらめているそうですが、貸出先がはっきりしているのにもかかわらず回収できないなんてこれ以上のもどかしさはありません。貸し出しは2020年4月に始まった国の新型コロナウイルス感染症緊急包括支援事業の対象で同支援交付金が充てられており、いわばその費用は税金です。こんな無駄遣いをしていては税金がいくらあっても足りません。現政府がちらつかせる増税に対し国民は怒り心頭ですが未返却者はそれに文句を言う資格はありません。

（2023/08/04）

ペットボトルで人は殺せる

埼玉県で高速道路を走るトラックにペットボトルを投げつけてフロントガラスを破損させた35歳の男が高速自動車国道法違反（自動車破壊など）の疑いで逮捕されたというニュースがありました。

この男は２０２３年8月15日午前5時25分頃、関越道にかかる橋の上から高速道路を走るトラックに向けてペットボトルを投げつけていたのです。この現場では、7月にも同じ時間帯に橋から物が投げ入れられていたため警察官が警戒しており、そこにのこのことペットボトルを持った容疑者が現れたのですからまさに「飛んで火に入る夏の虫」です。

この男が本気で走行中の車を壊してやろうと考えていたことは、ペットボトルの中に重量を増して破壊力を大きくするためか液体のほかにおしぼりのような布も入れていたことからもわかります。高速道路を走行中の車は小石が飛んできただけでもフロントガラスが割れてしまうほどの衝撃を受けます。それを小石よりはるかに大きく重たいペットボトルを投げつけるのですから男のしたことは「殺人行為」と言ってもいいでしょう。

にもかかわらずただの「破壊」でしか罪を問えないなんて、とても被害者は納得できません。そもそも車の修理費用はちゃんと回収できるのでしょうか。こんな事件を起こすようなバカ者ですから、うやむやのまま支払わないなんてことにもなりかねません。もし支払わないようなことがあるなら刑務所内で刑務作業を行った受刑者に対して支給される「作業報奨金」を充てればいいのです。もちろん完済するまではずっと〝塀の中〟です。

ちなみにこの「作業報奨金」は1ヶ月で5000円ほどですから、修理費用が20万円だとしたら40ヶ月。そして車の修理は今話題の〝あの会社〟にお願いしましょう。そうすれば20万円の修理費用が30万にも40万にもなるのですからさらに出所を遅くすることができます。

取り調べに対し男は「スリルを味わいたかった」と話していますが、この言葉は味わいたくもないスリルを強制された運転者たちの感情を逆なでするのに十分なものです。法定刑を無視して「ずっと刑務所にいれておけ」なんて滅茶苦茶なようですが、これくらいしなければ男の求めたスリルよりはるかに怖い目に遭わされた被害者たちは収まらないでしょう。

（2023/08/27）

駅ホームの野獣

列車内などで執拗に女性に付きまとった上でわいせつな行為をした49歳の会社員の男が、不同意わいせつと不同意性交の疑いで埼玉県警川口署に逮捕されたというニュースがありました。

この男は午前0時15分ごろ、JR埼京線池袋―赤羽間を走る列車内で面識のない20代女性に近付き身体を触るなどの痴漢行為をしていました。そして列車が赤羽駅に着いて女性が逃げ出すと男はすぐさまその後を追いかけ、なんとホーム上で性的暴行を加えたといいますから驚きです。

さらにその後、女性がJR京浜東北線に乗り換えるとまたもや後に続き、赤羽―西川口間でも断続的に身体をまさぐり続けたそうでもはや完全に鬼畜の所業です。女性が触られながらも身ぶりで助けを求めたところ、近くにいた乗客が男のわいせつ行為に気付き車掌に事態を伝え、車掌の連絡を受けた西川口駅員が「列車内で迷惑行為があった」と110番し、待ち構えていた警察官が同駅で降車した男を確保したことで、ようやく女性は解放されたのです。

一日の終わりに、いつ終わるともわからない恐怖の時間を過ごすことになった被害女性はさぞかし不安だったことでしょう。よく勇気を振り絞って助けを求めました。それにしても東京のど真ん中でよくこんな事件が起きたものです。夜中とはいえ赤羽駅は乗降客が途絶えることのないターミナル駅です。そんな駅のホームで女性が暴行されているのに誰も気付かなかったのが不思議です。あるいは気付いてはいたものの「触らぬ神に祟りなし」と見て見ぬふりをして家路を急ぐ人ばかりだったとしたら、こんな情けないことはありません。そんな人たちにわたしは問いたい。「もし目の前で犯されている女性が自分の妻、恋人、娘、妹だったとしても見ぬふりができたのですか」と。調べに対し男は「ムラムラして性的欲求が抑えられなかった」などと供述していますが、こんな獣のような男が平気な顔をして街中を歩くなんて絶対に許せません。

諸外国に比べて性犯罪にあまい日本ですが、自分の妻、恋人、娘、妹そして多くの善良な女性を守るためにも厳しい処罰が必要です。とりあえずは男のおでこに「性」と入れ墨を彫り、一目で性犯罪者だとわかるようにすることが第一歩です。「犯罪者にも人権がー」なんて批判は一切受け付けません。

(2023/12/18)

温情判決にもほどがある

熊本地方裁判所が廃材を道路に捨てた男に、執行猶予付きの判決を言い渡したというニュースがありました。この男は26歳の解体作業員で、2023年5月、家屋の解体で出たコンクリート片などの廃材合わせて約2・8トンを市道に投棄したとして廃棄物処理法違反などの疑いで罪に問われていました。

まともな解体業者は解体作業で出た廃材は然るべき場所に持ち込み処分します。もちろんそれには費用が発生しますが、それは言うまでもなく〝必要〟経費でカットするわけにはいきません。それをこの男は処分費用がもったいないからと、多くの人が通る市道に捨てたのですからとんでもない悪党です。そんな悪者が「懲役3年執行猶予4年」

で実刑を免れた理由が呆れます。なんと「今後は金に困らないよう1日に5箱吸っていたタバコをやめると誓っていて、家族も被告人の金銭管理をサポートすると約束している」からだというのです。

1日5箱のタバコなら月に8万円以上の出費になり26歳の男の懐には大きく響いていたことでしょう。そしてそれが犯行の引き金になっていたとしても「禁煙するなら許してあげる」はあまりにも恩情が過ぎるでしょう。口ではなんとでも言えるのに、それを鵜呑みにするなんてあまいにも程があります。それとも裁判官は今後、被告と一緒に暮らし本当にタバコをやめたかチェックするのでしょうか。さらに執行猶予中に罪を犯したら猶予は取り消され刑に服すことになりますが、彼の場合はタバコを吸えば即刑務所行きとなるのでしょうか。

今回の判決には疑問だらけです。また、この被告は大麻草を営利目的で栽培した罪にも問われている悪党です。本当にタバコはやめたものの、その代わり大麻を吸っていたなんてことになったら目も当てられません。

(2024/02/16)

最低最悪の痴漢

なんとも胸糞の悪いニュースを見てしまいました。

2月に入り大学入試が真っ盛りですが、この季節になると受験生を狙った痴漢が増えるというのです。その理由が「受験生は試験に遅れるわけにはいかないので被害に遭っても通報せず安心して触れる」からだというのですから虫唾(むしず)が走ります。中にはSNS上で「その日は痴漢し放題の祭りだ」と意気上がる変態グループもいるようで、嫌悪感が頂点に達する想いです。

受験生はこの日のためにと寝る間も惜しんで頑張ってきました。大人ならそんな彼女らを「いままでよく頑張った、思う存分試験に臨みなさい」と応援するのが当然なのに、それを〝痴漢〟という卑劣な行為で邪魔をするのですから腹立たしいことこの上ありません。

被害者は試験に遅刻しなかったとしても、その瞬間の恐怖と怒りで心穏やかならず、実力を発揮することができなくなるでしょう。鉄道会社や警察は駅で受験生に合格祈願のメッセージが書かれたチョコレートを贈ると共に、防犯ブザー機能などが盛り込まれたアプリのQRコードが入ったチラシを配りながら痴漢への注意を呼びかけています。

さらに駅構内や電車内での見回りの人員を増やすなどして警戒も強化しているそうですが、受験生と乗り合わせた善良な乗客の皆さんにも、ぜひ彼女らを気にかけ守ってもらいたいものです。

「毎月5の付く日はポイント2倍」など、時期によって特典が変わるサービスはよくあります。それに倣って、この卑怯極まりない痴漢の刑罰を受験シーズンは大幅に上乗せすることはできないでしょうか。初犯であろうと一切の酌量なしで全員が懲役10年など、一撃で人生を棒に振るくらいのダメージを与えたいところです。こんなことを言うと「法治国家にあるまじき暴論」と笑う方もいるでしょうが「将来が決まるかもしれない大切な日を台無しにした輩にはそれでも足りないくらいだ」と、わたしは思います。

（2024/02/24）

5　不毛な教育

子供は国の宝であり、教育は国家の行く末を左右する。この点に異論を挟む人はいないでしょう。

一方で、今の日本の教育を絶賛する声はほとんど聞こえてきません。昔よりも先生は優しくなり、体罰なんてほぼ絶滅しました。教科書はカラフルになり、デジタル端末まで支給されました。地域によって差はあるものの幼児教育や高等教育の無償化も進みました。一見、すべてが良い方向に進んでいるようなのに、なぜ不満や不信が消えないのでしょう。

暴論との批判を覚悟で言えば、教育と「民主化」「平等」といった概念は相性が悪いのかもしれないという気がします。そもそも教育とは、先生や師が上に立ち、学生や弟子にものを教える行為です。そして、その学生や弟子の間には出来不出来があります。

だからこそ努力して切磋琢磨するのです。

その前提をなくして、「なるべく上下をなくそう」とすればどこかで無理が生じるのも当然ではないでしょうか。先生には威厳がなくなり、努力した学生とサボった学生に差をつけることができない。そんな環境が本当に子供のためになるのか。ちょっと考えればわかりそうなものです。

教育の本質についてもう少し真剣に考える時期が来ているように思います。

行き過ぎた事なかれ主義

北海道教育委員会が、女子トイレに侵入して生徒に不安感や不快感を与え教師の信用を失墜させたとして、52歳の男性非常勤講師を戒告処分にしたというニュースがありました。

変態教師の不祥事も多く報道される昨今、また公衆トイレに忍び込んで盗撮でもしていたのかと思い記事を読み進めると、そこには「なんで処分されたの？」と思える事実がありました。この講師が侵入したのは勤め先の高校の女子トイレで、その理由は授業中にトイレに行った女子生徒が戻ってこないのを「トイレで怠けているのでは」と考えたからだというのです。

教室から「トイレに行く」と言って出て行った生徒がずっと戻ってこなかったら心配して様子を見に行くのは当然です。講師の行動にはなんらおかしなところはありませんが、それでも処分されたということは女子生徒が講師の思惑通りトイレでサボっていたところを見つかり、それをごまかすため、あるいは叱られた仕返しのために「男性講師に女子トイレを覗かれて恥ずかしい想いをした。変態教師は処分して！」と訴えたからということはないのでしょうか。

仮にこんな「言った者勝ち」がまかり通るなら、教師は迂闊に生徒指導もできません。そもそも今回の女子生徒は無事でしたが、もし急に具合が悪くなってトイレで倒れていたとしたらどうなっていたのか。処分を受けることがないのはもちろん「よくぞ女子トイレに入った」と逆に称賛さえされたかもしれません。しかし、講師は聞き取りに対し正直に「怠けているのではと考えた」と答えてしまいました。そのため「緊急性がないのだから女性教員の到着を待つべきだった」となったようですが、それはあくまで結論です。
全国すべての教育委員会が今回の処分を是とするなら今後、同様なことがあった時に処分を恐れた男性教員がすぐに女子トイレに駆け込まず、女性教員の到着を待ったために手遅れになるようなことにならないか心配です。教育委員会が世間の批判を恐れて「とりあえず処分しておいたら叩かれないだろう」なんていう事なかれ主義をとれば、そこには「何もしなければ処分されることはないだろう」と考える事なかれ主義の教員しかいなくなります。教育現場においてそのしわ寄せを受けるのは、間違いなく生徒です。

（2024/02/03）

カンニングは卑怯ではないのか

大阪の私立高校に通う当時2年生の男子生徒が自殺したのは教師らの不適切な指導が

原因だとして、両親が学校側に対し約1億円の損害賠償を求める訴えを起こしたというニュースがありました。

この生徒は2021年12月の期末試験でカンニングが見つかり、全科目0点、8日間の自宅謹慎、反省文の提出などの処分を受けました。そして、その2日後に、カンニング発覚後の指導の中で教師たちが、過去の朝礼で副校長が「カンニングは卑怯者がする行為」と話していたことを引き合いに出したことで、生徒は「このまま周りから卑怯者と思われながら生きていくほうが怖くなってきました」という遺書を残し自ら命を絶ったのです。それに対して「先生が卑怯者とさえ言わなければ……」と提訴するのですから訴えられる先生たちも困惑しきりでしょう。

大切な息子を失った親の悲しみは痛いほどわかります。しかし、記事を読む限り学校側の指導に行き過ぎは感じられません。いきなり指導室で「この卑怯者が……」と罵倒したのならまだしも、事前に「カンニングするのは卑怯者」と言っていたのにもかかわらずそれをした生徒に「それをした君は卑怯者」と言ってどこが悪いのでしょう。

副校長の訓示には言外に「君たちは卑怯者になるな」という意味が含まれていたはずです。厳しいようですが卑怯者になりたくなければカンニングなんかしなければ良かっただけです。自らの非を棚に上げて「先生のせい」はいただけません。

そもそもこの高校は頭髪チェックなど厳しい生活指導で知られています。そんな高校で人の道に外れた行為をすれば厳しい罰を受けることくらい事前にわかって入学したはずです。それが嫌なら校則の緩やかな学校を選べばいいのです（と言ったところでカンニングＯＫの高校なんてどこを探してもないでしょうが）。なにより悪いことをした生徒を叱って〝怒られる〟先生たちは大変です。

〝若いときの苦労は買ってでもせよ〟という言葉があります。社会に出たら理不尽なこと、いやなこと、努力せざるを得ないことが山ほどありますが、叱られたことがない、いやなことをされたことがない、頑張ったことのない子供たちはどんな大人になることやら。もっともこんな爺さんの心配なんて何でもかんでも〝ハラスメント〟と叫べば言ったもの勝ちになる世の中では大きなお世話かもしれませんが。

(2024/04/10)

区別と差別の区別がつかない人たち

「佐藤君」「はい」、「山田さん」「はい」。学校では子供たちがちゃんと来ているかを確認するため毎朝、点呼をとっています。その時に必要なのが「出席簿」です。東京都多摩市の市立中学校が現在使っている、性別で分けた「男女別出席簿」を２０２４年春から廃止することにしたというニュースがありました。

これにより都内の公立小中学校すべてが生徒を50音順に並べる「男女混合出席簿」となります。東京都では男女平等の観点から１９８０年代ごろから男女別の出席簿を徐々に男女混合に移行していましたが、「男女別出席簿」が不平等というのもおかしな話です。男の子がいつも最初に呼ばれ女の子が後回しになるのがダメというのなら、１日おきに点呼の順番を交互にすればいいだけです。そもそも点呼順に優劣があるというのなら、毎回最後に呼ばれる「ワタナベ君」は毎回最初の「アオイ君」を許せないでしょう。

男女間で差別的な扱いがあってはならないのは言うまでもありませんが、なんでもかんでも同じじゃなければいけないなんて無理があります。「男」と「女」を区別しなければならない、した方が合理的な場合は多々あります。トイレが男女別なのはその最も顕著な例で、決して男性トイレから「女が男と一緒なんて１００年早いわ」と女性を排除しているのではないのです。

学校現場でも体育の授業や運動会の種目、からだの成長についての独自授業など男女を区分するシチュエーションは多くあります。それらの準備に混合名簿は非常に使い勝手が悪いものです。なにより最近は「義男」「順平」、「寛子」「和恵」と一目で男女がわかる名前ばかりでなく、男女はもちろん、日本人かどうかさえ判別できない名前も多くなっています。「先生は毎日忙しくて大変だ」というのなら、少しでも簡便なものを用意すべきではないでしょうか。

〝差別〟と〝区別〟を一緒くたにして文句を言うほど愚かなことはありません。そういえばこの文章のなかでも数回「男女」という言葉を使っています。行き過ぎた平等主義者に「なんで男が先なんだ、女男とすべきだろう」と言われないか心配です。

(2023/10/23)

金で教員を釣れるのか

文部科学省が、日本学生支援機構から奨学金を借りた大学生が教員になった場合、その返済を免除したり軽減することを概算要求に盛り込むというニュースがありました。その背景には深刻な教員不足があり、2023年7月に公表した調査によると2021年度に精神疾患で離職した公立の小中高校の教員は過去最多の953人にものぼるといいます。仕事を辞める理由には「給料が安い」「やりがいを感じない」「人間関係が悪い」などいろいろありますが、〝精神疾患〟がその理由とはどれだけ劣悪な労働環境なのでしょうか。

そこで文科省は教員の働き方改革を進めるとともに、奨学金免除などを実現させることで教員不足を解消しようというのです。子供は日々成長しますから、「先生がいないからしばらく休校」なんてわけにはいきません。教員確保は喫緊の課題です。かといってなりふり構わずというのはいただけません。なにより「借りたものは返す」、こんな当たり前のことができない人間が大事な子供たちを任せる教員にふさわしいとは思えません。そもそも「金で釣る」のなら給料そのものを上げればいいわけで、「徳政令」的な措置は奨学金受給者とそうでない人が不公平になるだけです。そして新教員は上がった給料の中からきちんと奨学金を返済したらいいのです。

最近よく、奨学金の返済負担が若者の重荷になっているといわれますが、そもそも猫も杓子も借金してまで大学（と名の付くところ）に行かなければならないのかを問い直す時代がきています。大学が〝最高学府〟なんて過去の話で、いまやレジャーランドかと見まがうような〝勉強〟とは程遠い大学も多くあります。遊びに行くのにお金が必要なのは当たり前で、それを無償だなんて有り得ません。遊びに使った金はビタ一文まけるわけにはいかないのです。その代わり社会にとって本当に必要な人材を養成する大学は完全無償でも構いません。国を守る幹部自衛官を養成する「防衛大学校」は大学といいながらそこの学生は特別職国家公務員とされ授業料が無料なのはもちろん、さらに毎月学生手当が支給されています。

1970年代に医師不足を解消しようと全都道府県に医大が設置されました。教員不足の今こそ、全都道府県に国公立の教育大学を作り、そこの学生は防大と同じように特別職国家公務員扱いとするのはどうでしょう。4年間の養成期間中には教育実習のほかに地場企業での社会研修も取り入れます。それにより頭でっかちでない一般常識をわきまえた先生になってもらう。そして、卒業後はその地域の学校で教鞭をとる。これは東京一極集中ではない地方の活性化にも繋がります。教育という国の未来にとって最も重要なものを、その場しのぎの策でごまかすのは絶対にやめてもらいたいものです。あらゆる可能性を秘めた子供たちを輝かせるのか、濁らせるのか……それはこれからの教育にかかっているのですから。

(2023/08/12)

これぞ教科書問題だ

教科書出版大手・東京書籍の高校生向け地図教科書「新高等地図」が2025年度をもって廃刊になるというニュースがありました。その理由はなんとこの教科書の中に1200ヶ所もの訂正箇所があったからといいますから、お粗末なことこの上ありません。教科書が子供たちの手元に届くまでには「教科書検定」という関門があります。これは民間が著作・編集する教科書の中身が教科書として適切か否かを国が判断するもので、この「新高等地図」ももちろん合格しています。それなのにこれほどの訂正があるとは、いったいなにを審査していたのでしょう。もっとも今回は地理の教科書でしたが、「歴史」の教科書には日本人の子供が使う日本の教科書でありながら「いったいどこの国の教科書なんだ」と思う記述がいっぱいですから、それに比べたら1200のミスくらいどうってことはないのかもしれませんが。

韓国や中国の教科書には日本を貶めるための明らかに捏造された〝歴史〟があふれています。わたしは何もそれらに対抗してウソを子供たちに教えろと言っているのではありません。「他国を気にして真実を隠すようなことはやめろ」と言っているだけです。特に日本が建国以来一番大きく動いた近現代史を知ることは「1192作ろう鎌倉幕府」と年号を暗記することよりもよほど重要です（ちなみに拙著『日本国紀』は全13000年のうち最後の100年に下巻すべてを充てています）。

日本人の子供が使う日本の教科書で日本を嫌いになるなんて絶対にあってはいけないのです。WGIPに洗脳された、あるいは他国の顔色ばかりうかがっているような検定員にはさっさと退場いただき、本当に日本国を愛する人が作る教科書で子供たちを健全に育てたいものです。出版物を刊行するにあたっては二重三重のチェックがなされます。しかし所詮人間のすることですからミス0というわけにはいきません。それにしても1

２００ヶ所って、どれだけいい加減なチェックだったのでしょう。そしてそれだけの間違いを見つけたほうも見つけたほうです。

この教科書は全国シェア約８％で約３万６０００冊が配布されていましたが、全国の高校生が「あっ、ここにもあった」と、次から次へと間違いを見つけていったのでしょう。いずれにしてもこの教科書の誤りを見つけ出すことは雑誌の「間違いさがし」より簡単だったことは間違いありません。

(2023/08/18)

高校野球の矛盾

２０２３年の夏の甲子園は神奈川県代表・慶應義塾高等学校の１０７年ぶり2回目の優勝で幕を閉じました。選手の頑張りは当然だとして、大会前の下馬評では優勝候補の二番手三番手だった慶應の躍進を後押ししたのは、毎試合アルプススタンドいっぱいに陣取った応援団にほかなりません。

今大会は4年ぶりに応援に関する規制が全廃されたため賑やかな応援風景が戻ってきましたが、慶應のそれは義塾高校だけでなく系列校や幼稚舎から大学・大学院まで「慶應」と名の付くすべての関係者が全国にちらばったOBを含めて集結するのですからまさに大応援団そのものです。そんな慶應高校が勝ち進むにつれマスコミは「『慶應ブランド』は注目を集められる」とばかりに飛びつき〝慶應上げ〟のオンパレードとなりました。

長髪の選手が出場するのは今大会が初めてではないにもかかわらず、やたらと「慶應は長髪、さらさらヘアでさわやか」だと強調します。さらに「慶應は野球だけでなく文武両道」だとも。たしかに慶應高校は全国屈指の高偏差値校ですが、一般入試とは別に「推薦枠」があり運動や芸術で顕著な実績があれば英国数の試験なしで入学できます。実際、野球部にも全国からその制度を利用してやってきた生徒がいますが、他の強豪校のように「全国から優秀な選手を集めている」との批判は受けません。

慶應が持ち上げられれば持ち上げられるほど下ろそうとする者が現れるのは世の常ですが、「慶應の応援がうるさすぎて試合に集中できない」「アルプススタンドでの吹奏楽を規制しろ」には呆れます。高校野球の選手は観客のために試合をしているのではありません。選手は学生生活の一部として自分のために、学校のために、そして応援してくれる人たちのために頑張っているのです。吹奏楽部はその「応援する人」の中核として、自分のため、学校のため、そして選手のために頑張っています。そんな生徒たちの頑張りを否定するのなら、それこそ「嫌なら見なきゃいい」のです。いずれにせよマスコミが試合結果を伝えるのならまだしも、個別に選手やチームに焦点を当てるのはいかがなものでしょう。

「高校野球はこうあるべき」なんて言うつもりはありませんが、日本学生野球憲章第二条四項に「学生野球は、学生野球、野球部または部員を政治的あるいは商業的に利用しない」とあるにもかかわらず、スポンサー獲得のために視聴率に一喜一憂する商業主義丸出しの民放が嬉々として放送するのは明らかな憲章違反です。もっともいくら言ったところで、主催が高野連と朝日新聞ですから自分の都合のいいように拡大解釈し聞く耳を持たないのでしょうが。

（2023/08/27）

税金を××大学に捨てるのか

2023年春に入学者を迎えた私立大学の内、半数以上が「定員割れ」だったというニュースがありました。

日本私立学校振興・共済事業団の調査によりますと、4年制などの私立大学600校のうち、なんと53・3%にあたる320校が定員に満たなかったといいますから驚きです。その理由として18歳人口が前年度比で2万3869人減ったのにもかかわらず、大学や学部の新設をしたため入学定員が4696人増加したことを挙げていますが、よくもまあこんなでたらめがまかり通っているものです。若者の人口が減少傾向にあるのは今に始まったことではありません。未来の18歳人口の予測も容易にできるのに、なぜこの期に及んで定員を増やすのでしょう。

学部の新設といっても「グローバル○○学部」や「サイエンス○○学科」などいったい何をするのかわからないものばかりです。百歩譲ってどうしてもその学部、学科を新設しなければならないとしたら既存の学部の定員を減らすべきです。さもなければ大学はますます最高学府からかけ離れたものになっていくことでしょう。

現在の日本では選り好みをしなければ希望者全員が大学生になれます。高難度の入学試験にパスした者だけが晴れて大学生なんて過去の話で「アルファベットを最後まで書けない」「分数の計算が満足にできない」大学生がいくらでも存在するのが現状です。そんな学生でも4年経てば〝大卒〟となるのですから、学士の称号なんて何の値打ちもありません。厄介なのはそんな学生のいる大学にも国から助成金が出ていることです。なぜ勉強もしない〝大学生〟を4年間も税金で遊ばせなければならないのでしょうか。偏差値50以下の大学に助成金なんて必要ありません。ディズニーランドもＵＳＪもみんな高額な入場料を払って楽しみます。それと同じで〝レジャーランド〟は自分の金で行けばいいのです。

（2023/09/08）

女子高をなくしていいのか

戸籍上は男性でありながら女性だと自認しているトランスジェンダーの生徒の入学を

認めるかどうかのアンケートを首都圏（東京、埼玉、千葉、神奈川）と近畿圏（大阪、京都、兵庫、奈良、和歌山）の1都2府6県にある私立の女子中高を対象に行ったところ、62校から回答を得て少なくとも全体の23％にあたる14校が受験や入学を認めるかどうかを検討していることがわかりました。

大学ではお茶の水女子大学、奈良女子大学、津田塾大学など全国で7校が既にトランス女性の受け入れを表明していますが、その流れがついに高校や中学にまで及ぶようです。検討中と答えた学校の中には地域でお嬢様学校と呼ばれているところもありますが、今後チンチンのついた〝お嬢様〟と同級生になることを果たして生粋のお嬢様は受け容れられるのでしょうか。

そもそも中学、高校という多感な時期の性自認がどこまで本物なのかなんてわかりません。世間の風潮や身近な友達に影響されて「わたしは女性よ」となっていることも十分にあり得ます。実際、〝トランスジェンダー先進国〟のアメリカでは手術で肉体改造したものの、その後にやっぱり本来の性が正しかったと気付く不幸が多数報告されています。そんなふうに、トランス女性として入学した生徒が高校2年生になって「やっぱり僕は男だ」となれば退学になるのでしょうか。

少子化の影響で〝生徒の取り合い〟が激しくなり「特進クラスを作って進学実績を上げる」「食堂やカフェなど校内設備を充実させる」「制服を生徒好みのかわいいものに変える」などの特色を各校が競い合っています。そして経営のために共学化に踏み切る学校も増えています。トランス生徒はそこで受け入れたら済むことで、長年続く〝女子校〟を変えてまで対応する必要はありません。2023年6月のLGBT理解増進法の成立などの社会的潮流を踏まえて「女の子らしさ」など性差に基づく指導をやめている学校も多くなっているようで、女子校本来の良さがどんどん失われていくのは残念なことです。

(2024/02/16)

国際化よりも大切なことがある

東京都港区が2024年度以降、全区立中学3年生の修学旅行の行き先を海外とすることを決めたというニュースがありました。

区は決定の理由を、異文化を直接体験し国際理解を深めることで国際人を育成するとともに、区立中のさらなる魅力向上につなげるためとしています。全国的に義務教育の小中9年間は地元の公立学校に通うことが一般的ですが、東京では小学校卒業生の半数が私立の中学を受験する区もあるそうです。超高層タワーマンションや高級住宅が並び富裕層が多く住む港区はさらにその傾向が強くなっており、なんとか公立離れを食い止めようとの考えのようですが、果たして金持ちの子供が「海外旅行に行けるから」なんて理由でどこまでとどまるものでしょう。

初回にあたる2024年の対象は区立中の全3年生760人で、6~9月に3泊5日の行程で行き先をシンガポールとしており、生徒1人あたりの負担額は23年度までの京都・奈良などでかかる約7万円以内として、それを超える費用は約67万円まで区が負担するとしています。自己負担が7万で補助が67万、合計74万円っておいおいちょっと待てよという感じです。シンガポールのパック旅行なんて20万円台でいくらでもあります。それを倍以上の予算だなんて、まさか航空機はビジネスクラス、泊まりは人気のマリーナベイ・サンズなんてつもりではないでしょうね。いくら金持ちの子供で大名旅行に慣れているとしても自治体が税金で贅沢させてはいけません。

ちなみに「贅沢は自分の金でしろ」が家訓の百田家の家族旅行では、わたしと嫁さんはビジネスクラスに座っても息子と娘は常にエコノミークラスです。

港区内には約80ヶ国の大使館が集まり外国人が人口の約7％を占めており、区立小学校では1年から「国際科」の授業を導入するなど国際的な人材育成に力を入れているそうです。区長は「子供たちがこれまで培ってきた英語でのコミュニケーション能力を発揮する集大成の場にしていきたい」と話していますが、たった一人で外国人の中に放り込まれるのならまだしも、周りが日本人の同級生だらけの団体旅行でどこまで英語を試すことができるのやら。

そもそも国際化はいいとして、それよりも日本の学校なら京都・奈良でしっかり日本の歴史と文化に触れさせる方が先なのでは。どれだけ流暢に英語が話せても、外国人相手に自国を正しく紹介し理解してもらえないようでは、その人は真の国際人とは言えませんので。

（2023/09/08）

子供に有給休暇は必要か

子供たちが平日に学校を休んで、家族旅行などに行ける新たな制度を導入する自治体が相次いでいるというニュースがありました。この制度は学習を意味する「ラーニング」と休暇という意味の「バケーション」を合わせた「ラーケーション制度」と呼ぶそうで、背景には土日に休みがとれない親の家庭でも子供といっしょに旅行やレジャーを楽しんでもらおうということがあります。この制度では、いままで土日が休みの子供とのスケジュール調整ができなかった保護者が平日に「子供を休ませたい」と申請すればその日は欠席扱いになりません。いわばサラリーマンの有給休暇のようなもので心置きなく休むことができるというのですが、こんなものいちいち行政に決めてもらわなくても親が勝手に休ませれば済むものではないでしょうか。

ある調査によれば家族旅行などで幼稚園や学校を休ませたことのある保護者は全体の半数以上、旅行などに行くために学校を休ませてもいいと答えた人は約7割に上ることで判明しているように、既に多くの親たちは自身の考えで動いているのです。そもそも出席扱いにするといったところで、休んでいる間も授業はストップすることなく進みます。ですからその分の遅れは自分で取り戻さなくてはなりません。それでもなお、今は子供にとって思い出を作ることのほうが大切だと考えるのならなにも遠慮することなく休めばいいのです。

唯一この制度のいいところは皆勤賞を狙う子供が風邪をひいたときに使えることくらいでしょうか。しかしその皆勤賞さえも子供が無理をして登校しないよう廃止する学校が増えているといいますから、それは優しさなのか、はたまた責任逃れなのか何をかいわんやです。なにもかも誰かに決めてもらわなければ動けない、そして言われれば自分で考えずにすぐ言いなりになる。こんな姿は子供にとって悪影響でしかありません。

(2023/09/16)

掃除の教育効果とは

熊本市教育委員会が、市立小学校に通う児童にトイレ掃除をさせた教諭の処分を検討しているというニュースがありました。この教諭は1学期に学校外施設であった宿泊教室で自身は別の場所を掃除している時に、高学年の児童2人だけで便器の周りに飛び散った尿を雑巾を使って素手で拭き取らせていました。これを市体罰等審議会が教育的配慮に欠け精神的苦痛を与える「暴言等」にあたると認定したのです。

この学校では普段のトイレ掃除には備え付けの手袋を使っていましたが、この時は校外施設だったため手袋がなかったそうで、市教委は「教諭が手袋を準備するか、児童だけにやらせず一緒に掃除をしてあげるなどするべきだった」としています。

このニュースをみて遥か昔の小学校時代を思い出しました。私が子供のころには掃除で手袋を使うことなんて一切ありませんでした。もちろん便所（当時はとてもトイレなんておしゃれな言葉は似つかわしくないものでした）掃除でもです。生徒が「汚いからイヤだ」と訴えたところで「汚れたら洗えばいい」と一蹴されて終わりです。

そんな便所掃除より辛かったのは冬場の雑巾がけでした。もう少しで凍るのではないかと思うほどの冷たい水の入ったバケツに手を突っ込まなければならないのですから、毎回ほうきを使いその必要のない〝掃きそうじ係〟は取り合いになったものです。その争いに負けた〝拭きそうじ係〟は雑巾を水に浸したのはいいが、とても絞る気になれずそのまま床に置き足で押さえて引きずるのですから教室中をびしょびしょにして怒られるなんてこともありました。

今回の件は帰宅した児童が「気持ち悪かった」と保護者に打ち明け保護者が学校に相談したことで判明したようですが、こんなことで処分される先生も気の毒です。衛生観念も変わっていますので「昔のように手袋なんてなくてもいい」なんて言うつもりはありませんが、これを虐待とされたのでは堪ったものではないでしょう。

こんなことがあると「学校は勉強をするところだ、アメリカの学校のように掃除は業者に任せたらいい」なんて言う人がでてきますがそれは違います。サッカースタジアムで日本の応援団がきれいに掃除をして帰ることがよく話題になります。我々日本人にとって当たり前のことが世界から賞賛されるのです。これは小さなころから「みんなで使う場所はみんなできれいに」と教え込まれていることの賜物にほかなりません。この文化をいつまでも失いたくありません。

（2023/10/27）

給食における共産主義

兵庫県川西市の中学校で2023年9月から始まった、給食のごはんにかける〝ふりかけ〟持参に共産党の市会議員が待ったをかけたというニュースがありました。これは同年4月に行われた市長と中学生との意見交換会で、生徒から「給食の食べ残しを防ぐためにふりかけ持参を認めてほしい」との要望があり、教育委員会が1人1袋、友達などへ渡さないことを条件に許可していたものです。

それに対し市議は「給食は栄養バランスと衛生管理・食中毒などの事故が起こらないよう管理されている。それなのに家庭から違う食べ物を持って入ることには危機感がある」と異議を唱えたのですが、あまりの建前論に驚きます。

たしかに給食は生徒1人あたりのカロリーやたんぱく質、塩分などが綿密に計算されていますので、勝手に〝ふりかけ〟を食べられたら塩分過多になるなど当初の目論見から外れてしまいます。しかし、おかずを全部食べてしまったためにごはんを残してしまうのなら、今度は肝心のカロリーが不足してしまいますのでどちらにしても目論見通りにはいかないのです。

そもそも生徒たちは一日の全部の栄養を給食で賄っているわけではありません。朝と夜は各家庭で食べているのですから、昼の給食をきっちり計算通りにして一日の栄養素を完璧にしようなんてナンセンスなのです。「いや、それでも未確認の食品により学校内でアレルギーによる事故が発生したら……」と心配なのかもしれませんが、自分の家から持ってくるものが食べてよいのか否かは本人が一番よく知っています。相手は幼稚園児や小学校の低学年児童ではありません。中学生なのですからもう少し信用してもいいのではないでしょうか。

昼食時に各々が校外からUber Eatsで好きなものを持ち込んでいるわけじゃあるまいし、ふりかけの小袋に目くじらを立てるこの市議の過保護ぶりには呆れます。せっかく生徒たちが正当な手段で勝ち取った〝ふりかけ持参〟の権利が、こんなことで〝事なかれ主義〟の大人たちによって奪われることの方がよほど問題です。

(2024/02/24)

金融教育の重要性について

名古屋市内の小学生が「同級生に93万円だましとられた」と訴えているというニュースがありました。２０２４年現在小学6年生の男子児童は、２０２２年11月～翌年２月にかけて計8回にわたって３人の同級生から〝投資話〟を持ち掛けられ、あわせて約93万円支払ったというのです。

被害を訴える父親によりますと、児童は３人からメダルを見せられ「このメダルは〝純金製〟。いま金のレートは１g９０００円ぐらい。その価値が上がっていく一方だ」と言われ、このメダルを36万円で購入したそうです。しかし、実際は純金などではなく、名古屋港水族館で数百円で販売されているただの記念メダルでした。また、別の日には珍しい紙幣だといわれカナダの10ドル札（日本円で１１００円ほど）も25万円で購入していました。

このニュースを聞いて、まず驚くのは小学生がよく93万円もの大金を持っていたということです。この男子児童は、親戚にもらった祝い金やお年玉などを貯め、１００万円以上を自宅で母親に預けていたそうですが、それを同級生に「ぼくは自由に使える金を

１００万円もっている」と言ってしまったのですから大変です。話を聞いた３人が「よし、その金をもらおやないか」と相談し、騙すことを思いついたようです。

大人の世界でも金持ちをねらう詐欺事件は多く発生しています。彼らは言葉巧みにもうけ話を持ち掛け〝ケツの毛〟までむしり取っていきます。それが小学校を舞台に行われたのですから驚きです。さらに騙した方は「いま金のレートは１ｇ９０００円ぐらい」と的確に金相場を把握する念の入れようですから、これはもう小学生の遊びというよりいっぱしの詐欺師です。同級生３人のうち１人の保護者は、「ことの大きさを知って、やってしまったことに深く親子一同反省している。被害にあわれた児童と親御さんには直接謝罪した。二度とないようお金に関する教育を今一度しっかりやっていきたい」と話しているように周りの大人はしっかりと事件を受け止めています。

93万円という小学生にあるまじき金額が動いた事件ですが、ここはお金を返し徹底指導でいいのではと思います。新ＮＩＳＡも始まり国は盛んに〝投資〟を奨めていますが、今回の事件は被害者にとってこの上ない反面教師となったことでしょう。　（2024/03/08）

みんなは一人のために

新年度が始まり学校にも春休みを終えた学生たちが元気な姿で戻って来ました。新学期で気になるのはなんと言ってもクラス分けでしょう。新入生はもちろん、進級した生徒たちもその対象になりますので「○○さんと同じならいいな」「○○君と一緒は嫌だ」など期待と不安でいっぱいのことと思います。そんなクラス分けを滋賀県守山市の中学校が一回決めて発表したにもかかわらず、保護者からの指摘で白紙に戻したというニュースがありました。

学校側はやり直しの理由を「人間関係などを考慮し修正する中で、最終的に大事な部分が抜けていた」と話していますが、クラス分けをする際には成績上位者をまんべんなく振り分けるほか〝いじめっ子〟と〝いじめられっ子〟を一緒にしないなどの配慮は当然されていたはずです。

それにもかかわらずご破算にしたのは「○○さんと同じクラスになるくらいなら学校にいかない」と言うわが子を説得できなかった、たった一人の親の申し出をそのまま受け入れたからに違いありません。今回の措置のために始業式がやり直しとなり、授業開始が遅れたといいますから、仮に〝生徒のため〟だったとしても、一人のために大多数の生徒が迷惑を被っているのは事実です。学校側が事なかれ主義に陥り保護者の言いなりになったのでは、生徒は先生を信用できません。なにより心配なのは学校に意見した親が誰だかわかってしまうことです。その子に対して「なに勝手なこと言ってんだ」「おまえが俺たちを嫌なように、俺たちもおまえが嫌い」なんてことになりかねません。

学校は一人の保護者の満足のために大きな課題を背負うことになりました。中学校は勉強だけでなく社会性を学ぶ場でもあります。3年間クラス替えがなければ40名だけで終わるクラスメイトが、それにより3倍の120名に増えます。仲の良い友達と離れるのは寂しいでしょうが、クラスが替わろうと友情がなくなることはありません。それよりそれまで親しくなかった人たちと芽生える新たな友情に期待しましょう。今まで頑張ってきた人はさらに頑張る。頑張ってこなかった人はリセットして今度は頑張る。気持ちを新たに未来を向く、そんな新学期であってもらいたいものです。

（2024/05/31）

6　あふれる邪心

この世は邪心に満ちています。

「君のためを思って言っているんだよ」というもっともらしい言い回しの裏には、「何か気に入らないから叩いてやれ」「事前に話を俺に通していないのが気に入らない」「このまま口説けないものか」等々の思惑があるかもしれません。

「皆様のために私の身を捧げます」という演説の裏には、「いいから献金しろ」「落選したら失業するから大変だ」「今だけ頭を下げればいい」等々の本音があるかもしれません。

「この政策は先進国では常識です」という論法の裏には、「業界団体に天下りしたい」「献金もらったからなあ」「何かやらないと仕事をしている感じが出せないんだよね」等々の計算があるかもしれません。

聖人君子ではない以上、誰だって邪心を持つ瞬間はあります。私も邪心のかたまりです。問題はそれがあまりに露骨だったり、他人に迷惑をかけたりするケースです。せめて自らの邪心をコントロールできるだけの常識を持ち合わせていきたいものです。

電動キックボード利権の被害者

電動キックボードでひき逃げ事故を起こした23歳の女が逮捕されたというニュースがありました。この女は電動キックボードに乗り歩道を走行中、60代女性にぶつかって転倒させ肋骨骨折などの重傷を負わせたのにもかかわらず、救護をせずに逃げていました。

この女が逮捕され連行される様子は全国に放送され、その顔と名前は多くの人に知れることとなりましたので彼女の人生は半分終わったも同然でしょうが、この女は本来走行してはいけない歩道を走った上に被害者にケガをさせ、さらに駆けつけた警察官に暴力を振るうなど悪行の限りを尽くしたのですからそれも自業自得と言うしかありません。

電動キックボードといえば、2023年7月から条件付きながら「免許はいらない」「歩道を走れる」「ヘルメットは努力義務」と、そのハードルが大幅に下げられた乗り物です。女はその条件であるルールを「完全に理解していなかった」と言っているそうですが、そもそもそんな奴が公道に出てきては困るのです。他人に危害を加えるおそれのあるものを操作するにはそれなりの知識と技量が必須なはずです。ですから運転免許取得には学科と実技の試験両方をパスしなければならないのです。それを〝免許不要〟としたのですから今回の事故は必然と言ってもいいでしょう。

今回の事故では被害者はもちろん、加害者もずいぶんと痛い思いをしました。7月の規制緩和には業界団体からの強い要請があり、またそれを推進することで見返りを得た議員たちがいたことでしょう。そんな人たちは予想通り起きた今回の事故をいったいどう思っているのでしょうか。私利私欲に夢中な一部の人間のせいで泣くのはいつも国民です。

(2023/09/16)

メッキがはがれた議員

選挙に当選し議員になると、その証として「議員バッジ」が貸与されます。貸与ですからもちろん落選や引退によって議員でなくなった時には返却しなければなりません。

福井県議会事務局が議員に貸与し、その後に返却されて保管している69個の14金製の議員バッジのうち、11個が金メッキのレプリカだったというニュースがありました。福井県会議員の議員バッジは、ここしばらくの金価格高騰もあり1個が7万1500円もするものです。それに対しレプリカの価格は「本物」と比べて20分の1程度の3850円といいますから「本物」を借りてレプリカを返した議員は7万円ちかくもポッポナイナイしたことになります。

事務局は11個のうち、身元が判明した6人に「本物」の返却を求めましたが、なんとそのうち5人は「本物を紛失した」と答えたそうで、わかっていながら何食わぬ顔をして代わりにレプリカを返していたとしたらこんな不誠実なことはありません。また、誰が使っていたかわからないものも5個あり、事務局も随分と杜撰（ずさん）な管理だったことがうかがえます。そしてそれらの尻拭いを強いられるのはいつも善良な納税者なのですから困ったものです。

事務局によると紛失や汚れるのを気にして普段からレプリカを使用している議員も一部にいるそうですが、冒頭に書いたように議員バッジは〝議員の証〟ですから、レプリカをつけている議員は自らを「わたしは〝まがいもの〟です」と触れ回っているのも同然です。にもかかわらず本人は「われこそは議員様なり」といたって自信満々なのですから、こんな滑稽なことはありません。

県会議員は有権者に選ばれた県民の代表でありながら、彼らの矜持なんてしょせんその程度のものなのです。そもそも、レプリカで用が足りるのなら最初から高価な「本物」でなく安価なニセモノを貸与しておけばいいのです。

（2023/10/06）

ポイントバラマキに呆れる

２０２３年10月、あと半年に迫った「２０２４年問題」に対する政府の緊急対策案が固まったというニュースがありました。

「２０２４年問題」とは２０２４年４月１日からトラック運転手の年間の時間外労働時間（残業時間）の上限が９６０時間までに規制されることによって生じる様々な問題の総称ですが、具体的には労働時間の減少で１人のドライバーが１日で運ぶ荷物の量が減る（売り上げが落ちる）、それを防ぐために運賃を値上げする（依頼主は上昇分を商品価格へ転嫁）、さらに時間減少に伴い運転手の収入もダウン（なり手が減る）などです。

運送会社とそこで働くドライバー、それに荷主とそれらの商品を買う消費者、すべての関係者にとって不利益しかないのが「２０２４年問題」なのです。その対策として政府が打ち出したのが……。『運送業者の負担となる再配達を減らすため、玄関前に荷物を置く「置き配」を選んだ人にポイントを付与する』というのですから呆れます。

省エネ家電を買ったらポイントをあげます。キャッシュレス決済をしたらポイントをあげます。果てはマイナンバーカードを作ればポイントをあげます、と政府がポイントさえ付与すれば国民は思い通りになると思っているとしたら、国民もなめられたものです。現代ではインターネット通販が盛んになり、日用品でさえ自宅に届けてもらう人も多くなっています。たしかにいつ行っても留守で配達完了まで複数回訪問することはドライバーにとって時間、労力ともに大きな負担となります。「置き配」によりそれが解消されるのは大いに結構ですが、なぜそのために税金を投入しなければならないのでしょうか。再配達を減らしたいのなら再配達には別料金がかかるなど、利用者が自ら再配達を避けるシステムを作ればいいだけでしょう。

金（それも税金）をばら撒いて一時しのぎをしたところで、根本的な問題が解決しなければ課題は永久に残ります。それに今まで10個の品物を一括注文していた人が、ポイント欲しさに1個ずつ注文して10倍のポイントをせしめるようなことにでもなれば配達回数はさらに増え当初の目的とまったく逆の結果にもなりかねません。

そもそも「働き方改革」の名の下に、一律日本の労働者を働かないように（働けないように）するのはどうでしょう。労働者の中には「お金が欲しい」「もっと頑張りたい」と思う人もいるはずです。その機会を奪っておいて「人手が足りない」なのですから困ったものです。その挙句に「足りない分は移民で」なんて国は国民の幸せをなんと考えているのでしょう。

（2023/10/06）

秘書特権を見逃すな

２０２３年９月、日本維新の会の衆議院議員の公設秘書が兼職していたと報道されましたが、その後、衆参両院の全国会議員７１０人を調べたところ、約３割にあたる２０５人が自身の公設秘書の兼職を認め、２５０人の兼職秘書がいたというニュースがありました。

公設秘書とは国費によって１人の国会議員につき３人まで付される秘書のことで、その身分は国家公務員特別職となり給与は国から支払われます。国家公務員ですからもちろん兼職は不可ですが、議員が「職務に支障がない」と例外的に認めれば可能になるそうです。すなわち雇い主の議員が「いいよ」と言うだけでＯＫなのですから兼職不可の規定なんて無いのも同然で、毎度のことながらよくもまあこんな自分たちに都合の良い決まりを恥ずかしげもなく作ったものです。

兼職を認めている議員の内訳は衆院１３２人、参院73人で、政党別では、自民党が最も多く103人、立憲民主党43人、維新25人、国民民主党10人、れいわ新選組7人、公明、社民、政治家女子48の各党が2人、参政党1人と議員数に比例するように共産党を除くほとんどの政党にわたっています。この結果を見ての率直な感想は「秘書ってそんなに暇なのか」ということです。日本国のため、日本国民のために一所懸命働くのが国会議員で、その手助けをする一番身近な存在が秘書のはずなのに、それが片手間でできる仕事だったなんて……。

さらに言えば全員を専業秘書にすれば3人も必要でなく、2人あるいは1人でも十分なのではとも思えます。前述のように公設秘書の給与は国費（税金）から支出されています。社会保険料や税金の増加で苦しむ国民が多い中、ここにもまた無駄遣いがあったと思うと怒りしかありません。過去には兼業どころかまったく勤務実態がないにもかかわらず、常勤の秘書を雇っていることにしてその給与を国会議員が詐取する事件もありました。それに比べたら少しでも仕事をしているだけマシなのかもしれませんが、こんな低レベルの比較しかできないなんて情けない限りです。

（2023/10/06）

移民の「住みやすさ」と住民の「住みやすさ」

　埼玉県が２０２３年９月１日現在の県の推計人口を発表しました。それによりますと総数は７３３万１９１４人（男３６３万６６４１人、女３６９万５２７３人）で、前月と比べ６３７人（０・01％）減となり２ヶ月連続での減少となっています。人口増減の内訳は自然増減が２９８３人（出生４０１０人、死亡６９９３人）の減少、社会増減が２３４６人（転入１万７０４０人、転出１万４６９４人）の増加と、ここにも少子化の影響がでているようです。

　全国の自治体は人口減を防ぐために転入者を増やそうと「住みやすい街」アピールに躍起になっています。子供の医療費を成人まで無料にしたり、保育園の待機を０にしたり、過疎地域では一軒家を無料で貸し出すなんてものもあるようです。それらの地域に対し、埼玉県といえば首都東京のベッドタウンです。東京23区の新築マンションの平均価格が１億円以上にもなり、都内でのマイホームをあきらめた人たちが周辺の埼玉、千葉、茨城に終の棲家を求めることもあって、転入者は今後も減ることはないでしょう。

しかし、いくら大人が多く移り住んできても未来を創る肝心の子供が増えなければ健全な成長は望めません。今回の発表の中で目を引くのが8月中の県内市町村間移動人数です。総数は1万5人。その中で一番多かったのは川口市から隣接するさいたま市への移動だというのです。

川口市といえば人口の7％近い約4万人もの外国人が住む自治体です。そんな多くの外国人の中で主にクルド人が女性への嫌がらせやわいせつ行為、窃盗や暴行、果ては殺人未遂にいたるまであらゆる犯罪をしでかし、もともとの住民との軋轢が顕在化しています。それに嫌気がさした日本人が川口を見限って転出しているなんてことがあるのかもしれません。

健全だった街がスラム化する要因の多くは移住者によるものです。秩序を保って幸せに暮らしていたところに無法者が入り込み放辟邪侈な振る舞いを続ければどうなるでしょう。それまで住んでいた善良な人たちは自身に危害が及ぶことを恐れそこを出て行きます。そして空いたところに更に狼藉者が入り込み、ますます治安の悪化が進むのです。このような例は世界中にいくらでもあります。

今、政府は労働者不足を錦の御旗に野放図に外国人の移住を推進しようとしています。

彼らが〝日本が日本でなくなる〟ことに対し、あまりにも危機感がないのが不思議でなりません。

(2023/10/23)

政治家がチャリティーをアピールする怪しさ

石川県が能登半島地震に係る災害義捐金の受付を始めました。それと共に自民党をはじめとする各政党やテレビ局も独自の募金用口座を立ち上げましたが、それに違和感を覚えるのはわたしだけでしょうか。彼らはなぜ義捐金の振込口座に石川県のそれを使わないのでしょう。被災者に一番近い「石川県」に直接寄付することが最もタイムラグもなく効果的なはずなのに、わざわざ自身のところにワンクッションする意味がわかりません。

そういえばチャリティーを大々的に謳う24時間連続の番組で募金活動をしたものの、集めたお金を寄付せずテレビ局員がネコババしていた事件もありました。まさか今、募金活動をしている団体がそんなことをすることはないのでしょうが、義援金を募る目的が「被災者、被災地のために役立てる」ことだとしたら、そこに一番近い「石川県の口座」に素早く入金することが最も目的に適うのに、そうしないのは何かほかに目的があるとしか思えません。「われわれは○○円集めた」と言いたいために独自に集めているとしたら、その目的は「被災者、被災地のため」でなく「自分のため」でしかありません。

日本保守党は以上の考えにより、独自に義援金を集めることをせず「石川県の口座」を案内することにしました。困っている人を見たら「助けたい」と思うのは当然で、今回の地震でも多くの人が「何かしたい」と感じているはずです。元気な若者なら時期をみて被災地に入り瓦礫の撤去などの力仕事をするのもいいでしょう。そんな体力のないわたしのような高齢者は、その代わり彼らより金銭的に余裕があるので寄付をします。

給料が上がらず、さらに物価高の中での子育てで忙しく「わたしには体力も時間も金銭的余裕もない」という人もいるでしょう。そんな人はただ被災地、被災者のことを想い祈ることでもいいのです。要は自分にできることで被災地の役に立つことがあればすればいいだけで、その内容は他人にとやかく言われる筋合いのものではなく、また言うものでもないのです。そんな〝できること〟は一人ひとり違いますが、〝してはいけないこと〟は全員に共通します。それは言うまでもなく「被災地、被災者の邪魔をすること」です。

(2024/01/19)

震災報道に異議あり

能登半島地震発生直後の2024年1月1日夜、被災者の避難所となっている石川県立穴水高校で自動販売機が壊され、中から飲料水と金銭が盗まれたという全国紙のニュースが誤報だったというニュースがありました。

この高校には約100人が避難しており、最初の記事は事件の目撃者の証言を元に『40～50歳代の男女4、5人の集団が校内に入ってきて、女の指示を受けた複数の男がチェーンソーとみられる道具を使って自動販売機を破壊し、飲料水や金銭を盗んだ』という内容に、無残にも正面扉をこじ開けられ中身が引き出された自販機の写真が添付され、ご丁寧にも「避難者も不安を感じているので許せない」という校長の談話まで付けて事件発生から5日が経過した1月6日に配信されました。

それが同日、今度は地元紙が『自販機を壊したのは穴水高校にいる避難者に飲み物を配るためだった』、つまり犯罪ではなかったと報じたのですから大変です。地方紙の記事によりますと、地震発生直後に付近の住民が穴水高校に避難したものの、そこにはほんの少しの飲料水しかなかったそうです。そこで自販機の管理者の許可を得た上で壊し中の飲料水を避難者で分けて飲んだということです。ですから必要に迫られた人たちが正規の手順を踏んだ上で行ったことだったのです。それを泥棒として報道されたのですから被災者のためにと自販機を壊した〝40～50歳代の男女4、5人〟はさぞかし驚いたことでしょう。

それにしても最初に記事を書いた記者は、現地で自販機の中にあった飲料水がそこにいる被災者の手に握られているのを見たら窃盗でないとすぐわかるはずなのにいったいどういう取材をしていたのでしょう。記者の心理の中に「このような混乱時には必ず火事場泥棒的悪党が現れる」という思い込みがあったのではないでしょうか。たしかに大災害が発生すると、それに乗じた盗みや詐欺などとても困っている人を前にした人間のすることとは思えない犯罪がおきます。今回の震災でも家人が避難したため留守になった民家に忍び込み金品を盗む輩や、雨風を防ぐためのブルーシートを法外な値段で売りつけるグループが既に見つかっています。そんな奴らは絶対に許せないとの正義感に駆られてのことだったのかもしれませんが、今回の誤報は完全に記者の勇み足でした。

なによりも報道する側の人間に求められるのは真実を伝えることで、そこに自分の想いが入ると伝えられる側をそちらに誘導することになりかねません。マスコミは「われわれがこの国を、国民を正しく導かねば」と考えているのかもしれませんが、それは彼らの思い上がりにほかならず、国民は彼らの示すひとりよがりな〝道しるべ〟なんて望んでいません。善良な国民が求めているのはただ正しく判断するための正確な材料だけだということを自覚すべきです。

マスコミといえばテレビも大概にしてもらいたいものです。日頃は東京のスタジオにいる司会者やレポーターが現地入りし被災地の様子を伝えていますが、いま被災地には最小限の人員しか入ってはいけないのにもかかわらず、局から1人を代表とするなど絞り込むこともなく番組毎に出演者を含めたカメラクルーが出ているのですから困ったものです。それも各局すべてがそんな調子なのですから東京、大阪、名古屋から相当な人数が被災地入りしているのです。こんなときこそ現地の放送局のアナウンサーに出演を願えばいいのに「それじゃダメだ」と考えて自前の人間を使うのはキー局、準キー局の傲慢であり、またそれでは何のための系列局なのかわかりません。

笑ってしまうのは、あるワイドショーのレポーターが被災地の様子を伝える中で被災者から「この惨状を全国の人たちに伝えるためによく来てくれました」と言われたと言い訳じみた発言をしたことです。このレポーターは「今は行くべきではない」と本当は思っていたのに、プロデューサーやディレクターから「ごちゃごちゃ言わずさっさと行け」と言われ、仕方なくやってきたのかもしれません。

自己弁護あるいは自画自賛ともとれる発言があった一方で、倒壊家屋の片づけをしていてインタビューに協力した人は「東京からのテレビ局は神妙な顔をして話を聞いていても中継が終わった途端、がれき撤去を手伝うこともなく何事もなかったようにさっさと引き上げていく。彼らは我々が求めているものを全く知ろうとしていない」と不満の声を漏らしています。そして、彼らマスコミがその声を伝えることはもちろんありません。

（2024/01/19）

サインを換金するな

『ドラゴンボール』や『Dr.スランプ』などの名作を生みだした漫画家の鳥山明さんが、2024年3月1日に68歳で亡くなりました。彼はわたしも含めた昭和30年度生まれの同い年のホープでした。漫画はもちろんゲーム「ドラゴンクエスト（ドラクエ）」の大ヒットもあり、世界中でもっとも有名な日本人の一人でもあった彼のご冥福を祈ります。

そんな鳥山明さんの〝ニセ〟イラストやサインがインターネット上のオークションサイトやフリマアプリで多く販売されているというニュースがありました。出品者はテレビが連日彼の特集を組んでいる今なら「売れる！」と考えたのかもしれませんが、このタイミングでこのニュースを聞くなんて彼の功績を想うとあまりにも悲し過ぎます。中には実際に数万円で販売されたものもあるようで〝火事場泥棒〟にも似たやり口には怒りしかありません。ニセモノがもってのほかなのは言うまでもありませんが、仮に〝本物〟だったとしても鳥山さんが心を込めて描いたものを勝手に現金化するのは、明らかに彼に対する冒瀆です。

わたしもサインを求められることはありますが、できる限り対応するように心がけています。その際にはその出会いがよい思い出になるよう、一言でも二言でも会話するようにし、書いたサインを終生大事にしてもらえることを願います。

このように本当ならサインは求めてくれる人と対面でしたいものですが、全国すべての町に出向くことはできません。そのためあらかじめサインを記した〝サイン本〟を作ることがあります。書店に並ぶサイン本の文字は、もちろん印刷などではなく、これを手にした読者が喜んでくれる顔を想像しながら一冊一冊丁寧に直筆でサインしています（ちなみにサイン本だからといって価格が割り増しになることはありません）。

直筆サインの証明について特許を持ち筆跡鑑定も行う専門家は今回ネット上にあがった鳥山さんのイラストやサインに対し、「一見したところ偽サインしかない。偽物は本物をコピーしたり上からトレースして簡単に作れるので注意が必要。特に鳥山明さんのサインはひらがなだけなので難易度は低い」「サインをもらった時のエピソードなどが書いてあるものもあるが、エピソードはウソをつける」と一刀両断しています。

そりゃそうでしょう。なぜならもう二度と新たにサインをもらうことができないのですから、本物なら誰も手放すわけがありません。
(2024/03/15)

無限失業保険

仕事を失い収入の道が途絶えた人が頼りにするのが失業保険(雇用保険)です。その失業保険は「就職しようとする意思といつでも就職できる能力があるにもかかわらず職業に就けず、積極的に求職活動を行っている」人に給付されるもので、申請者は受給期間中は4週間に1度、失業状態が続いているのか、また求職活動を行っているのかという「働く意思」の確認のためにハローワーク(公共職業安定所)に出向いて面談を受けなければなりません。その面談の受け方について、2025年から〝子育てや介護中の人〟〝障害がある人〟などハローワークに出向くのが難しい人はオンラインで受けられるようになるというニュースがありました。

コロナ騒動以来、いろいろなものがオンラインで処理できるようになっています。わざわざ交通費と時間を使わなくてもパソコンやスマホで自宅に居ながら手続きできるのならこれほど便利なものはありません。しかし、なぜ対象者が「出向くのが難しい人」に限定されているのでしょう。無駄を省くというならすべての人を対象にするべきです。そもそもハローワークに出向くことすらできない人がまともに働くことなんてできるのでしょうか。前述のように失業保険は「働く意思があり、すぐにでも働ける人」が対象ですから、その時点で資格がないといってもいいのでは。

世の中が高度成長期で景気が良く、また終身雇用の時代では生涯失業保険と無縁のサラリーマンがほとんどでしたが、倒産や事業縮小する会社が増え、さらに転職が当たり前の現代では失業保険のお世話になる人が身近にも多くなっています。しかし、中には〝保険〟という公平な相互扶助の精神から大きくはずれているケースもあるようです。

会社経営をする友人によりますと、就職面接に来る応募者の中に、1年ほど勤めては転職を繰り返している者が一定数いるそうです。彼らはさすがに転職慣れしていますから面接もそつなくこなし採用すると、1年ほど経ったころ決まって「そろそろ辞めますわ」と去っていくそうです。不思議に思った友人が調べてみると、どうやら彼らは「失業保険の受給資格を得るまで働き、目的が達せられるとしばらく給付を受け、その期間が終わるとまた資格を得るまで働く」を繰り返しているというのです。

本来、いざと言うときのための保険が、一部の人たちの間では定期収入として見込まれているのです。彼らのしていることは制度上なんら問題はありません。しかし、一方では人手不足で困っている企業が多数あることも事実です。国や自治体からの給付（公助）を受けることは権利であり、なんら恥じることはありませんが「教育・勤労・納税」という三大義務があることも忘れてはなりません。

（2024/06/02）

7 犯罪の多様性

「幸福な家庭はすべて互いに似かよったものであり、不幸な家庭はどこもその不幸のおもむきが異なっているものである」

トルストイの『アンナ・カレーニナ』（木村浩訳・新潮文庫）冒頭の有名な一節です。

これに倣えば、

「善良な人はすべて互いに似かよったものであり、邪悪な人はそれぞれ邪悪さが異なっているものである」

と言えるかもしれません。

さらにこうも言えるでしょう。善良な振る舞いは似たようなものだけれども、犯罪的な行為は極めて多様性に富んでいる、と。

おそらく大昔は犯罪の種類も限られていました。暴行、傷害、殺人あたりがほとんどです。しかし文明の発達とともに犯罪も進化を遂げ、多様性を増しています。極端に言えば、新しい道具が一つ生まれれば、新しい犯罪が複数生まれるくらいです。

ここでご紹介するのも犯罪の多様性がわかるエピソードばかりです。これからもどんどん犯罪のバリエーションは増えていくでしょう。すでにＡＩを用いた犯罪も登場しています。そのうち加害者も被害者もＡＩなどという事件も起きるのかもしれません。

奇妙な修行

寺を訪れた女性に対しわいせつ行為をはたらいた83歳の僧侶が逮捕されたというニュースがありました。この事件は寺の境内を散歩中の30代女性に「お寺に御朱印とかあるので見に来ませんか」と言葉巧みに声を掛け寺の本堂に連れ込んだ僧侶が、女性のお尻を撫でまわしたものです。

二人きりになった男は「せっかくだから座禅の修行をしませんか」と言って女性に四

つん這いのポーズをとらせたそうです。座禅とは姿勢を正して座った状態で精神統一を行うことなのに、なぜ四つん這いなのかわけがわかりませんが女性は相手が老僧侶だけに信じ切っていたようです。座禅では集中がきれると背後の僧侶が姿勢の崩れた者の肩を警策で打ち警告を与えますが、今回も警告が発せられました。しかしそれは肩ではなく〝尻〟だったのです。なにしろ四つん這いですからどうしても不安定になります。身体が揺れたその瞬間、あろうことかこのエロ坊主は女性のズボンを一気におろさせると手に持った警策で女性の尻をパンティーの上から「パーン」「パーン」「パーン」と3回叩いたのです。

百歩譲って警策で叩くのは尻とはいえまだ〝修行〟と言えなくもありません。しかしわざわざズボンを脱がす必要がどこにあるのでしょう。さらに坊主はその尻を撫でまわしたとなるともう完全にアウトです。女性が自宅に帰りこの奇妙な〝修行〟を夫に話したことで事件が発覚しましたが、袈裟姿の僧侶に女性は最後まで〝修行〟を疑わなかったようです。

調べに対し容疑者は「尻を3回ぐらい木製の棒で叩いたが、手では撫でていない」と容疑を否認したうえで尻を叩いた行為については「修行だ」と主張しているそうですが、人の道を説く立場でありながら俗にまみれたこの坊主。「お前こそ修行をやり直せ」と多くの人が思っていることでしょう。

(2023/08/04)

仕上げに盛り付けを

寿司の配達を依頼されたフードデリバリーサービスの配達員が、お届け物の寿司を依頼主に渡す前に素手で触っていたという出来事がありました。寿司を素手で触っていいのは寿司職人だけで、それ以外はいかに店員といえども触ることはあり得ません。それを店員でもない、どこの誰だかわからない配達員が触っていたのですから気持ちの悪いことこの上ありません。

依頼主は表にバイクの止まる音を聞いて依頼品の到着を知りましたが、一向に玄関のベルが鳴りません。不審に思い2階から道路を見ると、そこには依頼品の寿司が入った容器のフタを開け、一心に寿司を並べ直す配達員の姿がありました。依頼主がその様子をスマホで撮影して待つこと数分、ようやくピンポーンという音が。玄関を開けると配達員は何食わぬ顔で「お待たせしました」と言うのですから呆れます。

依頼者が「あんた、いままで外で何をしていたんだ。全部動画を撮っている」と詰め寄ると、配達員はようやくすべてを白状しましたが、もし、依頼者がずっと家の中で待っていて配達員の所業に気付かなければ何事もないまま〝配達完了〟となっていたと思うと、こんな恐ろしいことはありません。

今回の件で最も悪いところは、回転ずしの「ペロペロ事件」もそうですが「まさかそんなことはしないだろう」という暗黙の信頼関係を壊してしまったことです。どれだけおいしい料理でも配達の度に「ひょっとしたら」と疑心暗鬼になるのではとてもフードデリバリーなんて使えません。寿司屋も蕎麦屋も出前はアルバイトとはいえ店の看板を背負っていますのでめったなことはできませんが、フードデリバリーサービスはどうでしょう。もちろん配達員の中にもプライドを持っている人はいるのでしょうが、多くの場合は「運んだら終わり」のその場だけの付き合いですから、責任感を持てという方が無理なのかもしれません。

そもそも寿司屋や蕎麦屋の出前が自転車やバイクの荷台に「出前機」というカーブで

も凸凹道でも常に岡持ちを水平に保てる装置を取り付け商品が揺れないようにしているのに対し、フードデリバリーサービスのそれは商品を詰め込んだ大きなバッグを配達員が背負い思い切り自転車を漕いだりバイクを走らせたりして持ってくるのですから商品がバラバラにならない方がおかしいのです。

食べ物で一番優先されるのは言うまでもなく安全・衛生面です。これからは「フタさえ開けていなければ見てくれは一切気にしない」という人しか注文しない方がよさそうです。

(2023/09/29)

伝説の男、復活す

「生まれ変わったら、道になりたい」。これは2015年11月に、神戸市で道路の側溝に入り上を歩く女性のスカートの中を覗こうとした当時28歳の男性会社員が発した言葉です（以前、拙著『アホか。』でも取り上げました）。

この男は真夜中に格子状になった鉄製のふたをはずして幅約55センチ、深さ約60センチの側溝の中に入り込み、再びふたをして朝になるのを待ち、格子ごしに上を歩く女性のスカートの中を見ていたとんでもない変態です。こんな男は絶対に初犯ではないと思いネットを探すと、やはりその2年前にも同じ区内で同じ行為をして捕まっていました。そして「二度あることは三度ある」。2023年9月、神戸市で側溝にスマートフォンを仕掛け女子高生のスカートの中を撮影した36歳の男が逮捕されました。

警察によりますと女子高生が側溝にスマホがあり録画モードになっていることに気付き、交番に届けたそうです。警察が「これは盗撮にちがいない」と判断し現場付近を捜査したところ、側溝に四つん這いになっていた男を発見しました。

そして「何をしている」と問い詰めたところ「スカートの中を覗いていた」と白状したため逮捕となりましたが、この男がかの有名な「側溝男」だったのですから、捕まえた警官もさぞかし驚いたことでしょう。8年ぶり3回目の出場の甲子園は周囲から祝福されますが、それとは正反対の8年ぶり3回目の逮捕となった男の前回との違いは、過去2回が側溝の中で長時間待ち伏せしていたのに対し、今回はスマホを仕掛けるという手口に変わっているところです。

事を為すには気力と体力が不可欠です。さすがの「側溝男」も30代になり身動きのできない狭い側溝での長時間の待機がきつくなったのか。しかしスカートの中を見たいという気力はいまだ衰えず、生の臨場感はないにしろせめて録画でもとスマホに頼ったのかもしれません。

男の変化はもうひとつありました。前回と前々回は職業を会社員とされていましたが、2回の逮捕でクビになったのか今回は無職となっています。しかし、彼はもはや押しも押されもしないプロの側溝マンとして認知されています。次回の逮捕時の肩書にはしっかりと「側溝男」と記されることでしょう。

(2023/09/29)

住所不定お湯不足

福岡県大野城市のコンビニエンスストアの商品棚からカップ麺を万引きした住居不定、自称日雇い作業員の57歳の男が窃盗の疑いで逮捕されたというニュースがありました。

２０２３年９月13日午後８時すぎ、男の動きを不審に思った店員が防犯カメラを確認したところカップ麺１個が万引きされたことがわかり翌日になって警察に届け出ました。通報を受けて警察官が店に向かったところ、なんと男が前日に万引きしたカップ麺にお湯を注ごうと再び来店したといいますから笑ってしまいます。なにしろ住居不定ですから家がなく、カップ麺を盗んだものの肝心のお湯がなく困ったのでしょう。

コンビニではカップ麺を購入した客がその場で食べられるようにサービスでお湯を提供しているところがありますが、それはあくまでその店でカップ麺を買った客が対象で、他店の商品持ち込みは禁止です。男が他の店にお湯だけもらいに行くことはルール違反と思い、この店に戻ってきたのかどうかは定かではありませんが、それにしてもよく盗んだ商品をぬけぬけと持ち込めたものです。いくらその店からといっても代金が支払われていないものは言うまでもなく対象外なだけでなく、そもそも支払っていないことがなによりも悪なのをわからないのが不思議です。

逮捕当時、男は現金を持っておらず、警察の取り調べに対し盗んだことを認めているということですが、気になるのはカップ麺１個だけを大事に持って来店したこの男、お湯を入れて麺がうまくできたとしていったい箸はどうするつもりだったのでしょう。

(2023/09/29)

信仰心は身を助けない

東京から奈良までタクシーに乗ったのに、その料金20万6000円あまりを支払わなかった54歳の無職の男が詐欺容疑で逮捕されたというニュースがありました。

この男は2023年9月17日の午前3時ごろ東京都の新宿駅前でタクシーに乗り込み、運転手に「奈良の天理教教会本部まで行ってくれ」と伝えました。午前3時といえば真夜中です。そんな時間に超長距離の客とはどう考えても不自然です。男をいぶかった運転手が「代金を支払えるのか」と確認したところ「天理教側が支払ってくれる」と説明したそうです。天理教とは言わずと知れたその名が天理市と市の名称にもなる有名な宗教団体です。そこが支払ってくれるのなら安心と運転手は車を西に向けてスタートしました。そして男を乗せたタクシーは8時間後の同日午前11時頃、約370キロの旅を終えようやく天理教教会本部に到着しました。

男はすぐにお金を調達するために教会の建物の中に入って行きましたが、男と運転手のその期待はすぐに教会関係者の「そんな話は聞いていない」という言葉で打ち砕かれました。支払いを拒否された運転手は慌てました。「話がちがうじゃないか、どうなってるんだ」と次に男と共に教会関係施設を訪れましたが、ここでも拒否されたことから、「こりゃダメだ」とあきらめ警察に通報したのです。男の所持金は35円で、調べに対し「一文無しで私自身に支払い能力がなかったことは確かです。ただ、天理教教会本部からお金を支払ってもらえるあてはありました」などと話しているそうですが、そのあてが「30年ほど前に修養科生として修行したことがある」というのですから呆れます。そんな大昔にちょっとだけ関わったことで〝あて〟にされた天理教も大迷惑です。

そしてなにより可哀そうなのはタクシーの運転手です。奈良までの料金を踏み倒された上にたった一人で東京まで今来たばかりの道を戻らなければならなくなったのですから。金輪際前金以外の長距離は受け付けないと心に決めたことでしょう。さて、これだけあちこちに迷惑を掛けたこの男ですが、最後に「神も仏もない」と言ったとか言わなかったとか。

(2023/09/29)

ワンコイン逮捕

自動販売機に金を入れたと嘘を言い、金をだまし取ろうとした58歳の会社員の男が逮捕されたというニュースがありました。

詐欺未遂の容疑で逮捕されたこの男は、秋田市内の商業施設で「自動販売機に500円を入れたが機械が故障した。金を返してほしい」と施設の従業員に言って現金500円をだまし取ろうとしましたが、不審に思った従業員が警察に通報し調べたところ実際には金を入れておらず、自動販売機も故障していなかったことがわかりました。

58歳の男が500円欲しさになんともせこい犯罪をしたものです。現代では街中のいたるところに自動販売機があります。ジュースやコーヒー、ビールなどの飲料、たばこや雑誌など以前からある物に加えラーメンや餃子などの冷凍食品、お鍋の出汁（だし）、乾電池までありとあらゆるものが自動販売機で売られています。そういえば子供に人気の「ガチャガチャ」もそうです。そんな自動販売機ですが、いくら精巧にできているとはいえ所詮は機械、うまく作動しない時もあります。そんな時には今回の男のように係員を呼ぶことになりますが、大抵の場合は機械を開けて引っかかっている紙幣やコイン、あるいは商品を取り除けばすぐにトラブルは解消されます。すなわち機械を開ければちゃんとお金を入れたかどうかは一目瞭然なのです。さらにコンピューターがいくら入金され、いくつの商品が出たかを常に管理していますのでごまかすことなんてできません。

自動販売機が人間が見てもわからない〝ニセ金〟を瞬時に見分けられる優れものだということを考えれば、それ相手にインチキをはたらくことの無謀さはすぐにわかります。この手の事件の犯人は多くの場合〝無職〟ですが、今回は会社員でした。あと2年もすれば定年になり退職金ももらえたでしょうに、たった500円でそれを棒に振るとはなんとも哀れな男です。

（2023/10/13）

能力の無駄遣い

山口県山陽小野田市で市道に設置された側溝のふたを盗もうとした49歳の作業員の男が窃盗未遂の疑いで逮捕されたというニュースがありました。ゴミ集積場の空き缶、工事現場に保管してある銅線など換金目的での金属泥棒はいろいろありますが、最近ではマンホールのふたを専門に狙う泥棒もいるようです。窃盗事件に良いものはありませんが、側溝のふたやマンホールのそれは盗まれたままだと、そこにはまってケガをするなど大変危険なこともあり特に許すことができません。

この手の窃盗の厄介なところはものがものだけに、それらしい格好をしていたら泥棒か交換作業をしている作業員かわからないところです。夜中に人目を避けてこっそりとではなく真昼間に衆人環視の下、せっせと作業をしていたら「ご苦労さん」はあっても誰も盗っ人とは思わないでしょう。

今回の犯行も午前11時半ごろ、真昼間に行われました。しかし、男は通りかかった人に目撃された瞬間、その場を立ち去っていました。それもそのはず、彼が狙ったのは縦100センチ、横80センチ、重さ110キロほどの鉄製のふただったからです。こんなものをたった一人で運んでいたら誰が見ても不自然です。ブラック企業のいじめじゃあるまいし、自治体が管理する側溝でそれはあり得ません。

それにしても、110キロの重量物を一人で持ち去ろうというその体力と気力があれば、いくらでも他の真っ当な仕事ができただろうと思うのはわたしだけではないはずです。

(2023/10/20)

気になる動機

札幌市の温泉施設でサンダルを盗んだ男が逮捕されたというニュースがありました。窃盗の疑いで逮捕されたこの男は札幌市北区に住む21歳のとび職で、2023年6月29日午後7時ごろ、温泉施設で靴箱に置かれていた他人のサンダル(時価1000円相当)を盗んでいたのです。警察によりますと、男は履いて来た自分の靴を置いたまま他人のサンダルを履き帰宅したようですが、サンダルより値打ちがない靴とはいったいどんなものだったのでしょう。

通報を受けた警察が防犯カメラの映像などから男を割り出し、事件発生から3ヶ月半ほどを要して逮捕しましたが、たかだかサンダルでも長い時間をかけて市民のためにと頑張る警察には頭が下がります。

家々に風呂がなかった時代には夕方になると銭湯は大混雑しました。当時は近所には下駄を引っかけて出かけることも多く、今でいう靴箱は下駄箱と呼ばれていました。銭湯の下駄箱には鍵が付いていて東京では長嶋の背番号「3」、大阪では村山の「11」や江夏の「28」が取り合いになったものです。そして下駄箱が満杯になると、仕方なく履き物をそのまま置いて入浴するのですが、そうなると意図せず他人の履き物と間違えることも多くありました。買ったばかりの靴で行った子供がボロボロの靴で帰って来たのを見た母親が「あんた、何やってるのよ。すぐに履き替えておいで」と叱るなんてしょっちゅうです。中には「風呂屋に行ったら下駄はいくらでもある」なんて裸足で出掛け、帰りにはちゃっかり上等な下駄で帰って来るなんて不届き者もいたようです。

今回の事件現場となったこの温泉施設では、前年から脱衣所でバッグや現金などが盗まれる被害が20件以上続いていたそうで、関連を疑った警察が問い詰めると、男は「たくさんやりすぎて、覚えていない」と話しているといいます。この男も最初は裸足で出掛け、訪れる度により上等な履物に履き替える「わらしべ盗っ人」だったのかもしれません。

（2023/10/23）

斬新なサバ読み

72歳の女とその夫が有印私文書偽造などの疑いで警視庁に逮捕されたというニュースがありました。この女は実在しない「岩田樹亜（じゅあ）」という48歳の妹になりすまそうとして、65歳の夫と共謀し戸籍を作るための書類を偽造していました。

72歳と48歳では24歳差です。24歳といえば十二支ふた周りで、干支を聞かれてもすぐに答えられるように24歳差にしたのかもしれませんが、それにしても24歳もサバを読むとは厚かましいにも程があります。彼女は普段から「岩田樹亜（48）」として生活していたそうですが、近所の人たちがどのように思っていたか非常に興味があります。事件の発覚が、２０２２年に女が原付バイクの免許を取ろうとした際、実際の姿と申請書類に記載された年齢がかけ離れているとして警察官が不審に思ったことによることからも、女は到底40代には見えなかったのでしょう。

誰かになりすますのは追っ手から逃れるため等、周囲に「本当の自分」を知られることに不都合がある場合です。しかし、この女は犯罪者でもなく72歳の普通の女性として暮らすことになんら問題はありませんでした。それを書類偽造までしてわざわざ犯罪者になったのですからわけがわかりません。調べに対し女は「私は岩田樹亞です。姉とはけんかしていて連絡がとれない」とあくまでも72歳の女の妹だと言い張っているそうです。それに対し夫は「妻は若く見られたかった」と話し容疑を認めています。

人間、特に女性がいくつになっても若く見られたい気持ちはわからないではありません。しかし今回の女は大きな間違いを犯していました。それは実年齢が72歳だから「若く見える」のであって、48歳なら「年の割に老けてるな」としかならないことに気付いていなかったことです。本当に若く見られたかったのなら「わたしは84歳よ」と言わなければならなかったのです。

（2023/10/27）

募金先は自分です

滋賀県大津市にあるコンビニエンスストアで、募金箱から10円を盗んだ44歳の無職の男が逮捕されたというニュースがありました。

この男は商品を持って会計をする際、手持ちが10円足りないことに気付きました。まともな人間なら買うのをあきらめ商品を元の陳列棚に戻すものですが、なんとこの男はレジ横に置いてあった募金箱を揺すって中からきっちり10円だけを取り出すと、何食わぬ顔をして支払いを済ませたといいますから驚きます。

あまりにとっさのことで咎めることができなかった店側が「こんなことは許せない」と防犯カメラを分析するなど警戒を続けていたところ、1週間後に再び男が訪れたため警察に通報して逮捕となりましたが、調べに対し10円を取ったことは認めた上で「わたしはこれまで募金している。困った時のための募金。困ったので使った」と悪びれる様子はないといいますから呆れます。

『情けは人のためならず』、これは「他人に良い行いをすれば、めぐり巡ってやがては自身に良い報いがある」というものですが、この男は〝巡る〟までもなく、目の前の募金箱の中だけでそれを完結させたのですから恐れ入ります。
たしかに募金箱には「恵まれない人、困っている人のために」と書いてありますが、それが誰かを自分で決めてはいけません。ましてやその箱のまん前で立候補するなんてバカ丸出しです。そういえば消費税が上がったとき、レジ横に「端数が足りない場合にはご自由にお使いください」と1円玉を積み上げている店がありました。こんな身勝手な男にとって、それはあたかも〝打ち出の小槌〟のようなものだったことでしょう。

（2023/10/27）

マヨラーの罪

島根県出雲市に住む61歳の無職の男が窃盗の容疑で逮捕されたというニュースがありました。窃盗というと民家に忍び込んでコソ泥をはたらいたのか、あるいはコンビニで万引きしたのかと思いきや、なんとこの男は病院内の食堂に置いてある味付け用のマヨネーズを、持参した容器に勝手に移し替えていたというのですからなんともせこい犯罪です。

調べによりますと、男は午前11時頃といいますからランチ営業が始まる時間、出雲市内の病院施設内の食堂の調味料コーナーで客のために設置されていたマヨネーズを手に取り、持参したプラスチック容器に1本のうち3分の2の量を移し替えて盗んだのです。その後、男が何食わぬ顔をして退店するのを目撃した病院の保安対策員が声をかけたところ逃走する素振りを見せたため、私人逮捕し駆け付けた警察官に身柄を引き渡したということです。

男は過去にも数回この食堂に来店していましたが、食事をせずに出て行くことが数度あったことから保安対策員が警戒していたそうで、まず常習犯と言って間違いないでしょう。牛丼屋でこれでもかというくらいに紅ショウガを乗せる客、スーパーで寿司を1パックしか買っていないのに、ショーケースに置いてあるガリと醤油を両手いっぱいに持ち帰る人など、「タダ」とあらばもらわにゃ損とばかりに遠慮のかけらもない人はたまにいますが、彼らはまだメインとなる食品の代金は支払っています。しかし今回の男は代金の発生するものを一切注文することなく、タダのものだけを狙って来店するのですから困ったものです。

それにしても何かマヨネーズが必要なものがあり、それにかけた上でついでに容器に入れるのならまだしも、食べ物が何もないところで移し替えだけをしていてバレないと思ったのが不思議です。それならまだマヨネーズチューブをそのまま持ち去るほうがよほど手っ取り早く見つかりにくいと思うのですが、3分の1だけ残すのは「全部持って行ったら後の人が困るだろう」という彼なりの良心だったのでしょうか。犯罪者の心理とはなんとも理解に苦しみます。

(2023/11/05)

風俗店常連の純情

大阪市北区のエステに押し入った男が逮捕されたというニュースがありました。強盗容疑で逮捕された53歳の男は、大阪キタの繁華街にあるマンションの一室にあるエステ店で49歳の女性店主にスタンガンを見せながら「いままで写真にだまされた。金を出せ」と言って現金6万円とスマホ4台を奪って逃げていました。

どうやら男は風俗店で写真指名したものの、実際に現れた女性が写真と全然違ったことを恨んで犯行に及んだようですが、なんという純情な男でしょう。風俗店の指名写真が〝盛られ〟ているなんて大昔からの常識です。よく見える角度から撮るなんてのは序の口で、かつては本当は炭団（たどん）のような肌を真っ白に塗りつぶしたり、髪の毛で隠したセロテープで目を大きく見開いたり、ありとあらゆる方法で美人に仕立て上げたものです。

ところが時代が進み現代ではそんな苦労なしに、目の大きさを変える、鼻を高くする、あごをシャープに、挙句の果ては顔の大きさを変えることまでアプリひとつでいくらでも加工できるようになっています。昔はどれだけ〝盛られ〟ていても、少しばかりの面影は残っていましたが、現代ではまったくの別人ということもあるでしょう。それだけに昔に比べて今のほうが〝騙され感〟は強いかもしれません。

今回の男は事件発生から4日後、弁護士に付き添われて警察に出頭してきました。男は調べに対し「1万円を先払いしていた、支払ったもの以外は奪っていない」と言っているそうですが、それが本当なら1万円は指名料で、6万円とは過去に6回も写真指名していたということでしょうか。そうだとしたら毎回「次こそは」と期待して通っていたであろう男が何とも不憫に思えます。

(2023/11/17)

子供限定泥棒

大阪府貝塚市で盗みを繰り返していた38歳の男が書類送検されたというニュースがありました。

窃盗にもいろいろな種類があります。民家への空き巣やコンビニでの万引き、あるいは路上でのひったくり、男のしでかした泥棒はいったい何かと思いきや、なんと彼が狙ったのは小学生の〝お小遣い〟といいますから呆れるやら情けないやら。

この男は2023年7月、小学生が公園に停めた2台の自転車のハンドルにかけたり前かごに入れたりしてあった別々のカバンから、それぞれお小遣いの現金9000円が入った財布と現金40円が入った財布を盗んでいたのです。まず驚いたのは1万円も財布にない大人も多い中、小学生がよく9000円も持っていたということです。その日は特別に買う予定のものがあったのか、あるいは日常的に財布に入れていたのかはわかりませんが、そんな大金を無造作に自転車のハンドルに引っかけたカバンに入れていたのはいただけません。盗まれたとわかったあと、さぞかし家で大目玉を食らったことでしょう。

男の悪事はその日だけではありませんでした。その後の調べで2月下旬から9月下旬にかけて、9件の同様の盗みを繰り返していたことがわかっています。その被害者もほとんどが10代の小中学生で、男は仕事が休みの度に公園を訪れ、小中学生らが遊んでいるすきを狙っていたとみられています。

男は「パチンコやパチスロでお金を使ってしまい、子供から盗めば捕まらないだろうと思った。500円でも1000円でも自分の飲食代のために取った」と話しており被害額はあわせて11万円相当にのぼっているそうですが、大の大人が子供の小遣いをせしめてやろうと公園の自転車を狙う姿を想像すると虫酸が走ります。

（2023/11/24）

心霊スポットの恐怖

生き物は本能的に怖いものから逃れようとするものですが、人間だけは自らすすんで恐怖を味わいに行くのが不思議です。夏場のお化け屋敷は大賑わいですし、逆さまになって疾走するテーマパークの絶叫マシンはいつも長蛇の列です。

心霊スポットとして有名な廃墟となったホテルに侵入した若者に「不法侵入だ」と迫り、現金を脅し取っていた管理者の男ら3人が恐喝と弁護士法違反容疑で逮捕されたというニュースがありました。事件の舞台は京都府笠置（かさぎ）町にある、かつては観光ホテルとして営業していたものの、いまやすっかり廃墟となった建物で、ここはその異様なたたずまいからYouTubeなどに心霊スポットとして紹介され、各地から〝怖いもの見たさ〟の若者が集まっていました。

そんな場所を2023年8月と9月の未明に訪れた20代の男女4人から、この廃墟ホテルを管理する男たちは「刑事事件にするか、民事事件にするか」「前科が付く」などと言って示談金名目の計120万円を脅し取ったのです。彼らは「無断で立ち入った場合、30万円を支払うことに同意したものとみなす」と書かれた紙を貼った上で入り口に監視カメラを取り付け、人が侵入するたびに駆けつけて脅していたようで警察には30人以上の相談が寄せられていました。

容疑者たちは「警告しているのに勝手に入るほうが悪い」「お化け屋敷でも入場料を取っているだろう」と思っているのかもしれませんが、さすがに30万円はふっかけすぎです。しかし「入るな」を無視してずかずか不法侵入した若者たちも反省する必要はあるでしょう。何はともあれ肝試しに来た被害者たちは突然現れた男たちに肝を冷やし、お化けなんかより生身の人間のほうがよっぽど怖いことを肝に銘じたことでしょう。

（2023/12/22）

ロマンスは金になる

「ロマンス詐欺グループ」の一員になった女性警官が逮捕されたというニュースがあり

ました。佐賀県警捜査2課に詐欺容疑で逮捕されたこの女は大阪府警西成署刑事課薬物対策係の25歳の巡査です。

彼女を含む一味は2023年7月24日~8月7日、SNSでカナダ人男性医師を装い、佐賀県小城(おぎ)市に住む50代女性に対し「イエメンの病院で患者の世話をしているが、母が入院したため航空券が必要です」「自分の銀行口座にうまくアクセスできない」「イエメンからカナダまでの航空券は日本円で20万円です」などのウソのメッセージを送り20万円を銀行口座に振り込ませました。さらに8月下旬~9月7日、今度は埼玉県川越市の60代女性に対し日本人男性ファッションモデルに成りすまし、「タイにいて個人的なコンテストで優勝して賞金5億円を手に入れた」「事務所に見つからないようにあなたの家に送りたい」「一時的に運送会社に配送料を払って欲しい」と虚偽のDMを送信し70万円を銀行口座に振り込ませていました。

8月21日に「SNSで知り合ったカナダ人がトルコ警察に拘束された。解放するためにお金が必要だが、どうすればいいですか」と佐賀の女性から県警に相談があり事件が発覚しましたが、自分が騙されているとも知らず実際には存在しないカナダ人男性医師の心配をする女性が哀れでなりません。

警察が調べると佐賀県の女性は20万円を含む約150万円、埼玉県の女性は70万円を含む約1140万円をこのロマンス詐欺グループにだまし取られていたことがわかりました。被害者は50代、60代と一般的には分別のある年齢とされますが、まさに「恋は盲目」とはよくいったものでいちど愛してしまったことによりもう周りは一切見えなくなってしまったのでしょう。それだけに純真な「乙女心」に付け込む卑劣な犯罪は許すことができません。

この手の詐欺事件は、ターゲット探し係、連絡係、現金引き出し係を分業にした上、架空口座でお金の流れをわからなくするなど周到な準備の上で行われますので、被害者が詐欺に気付いてもなかなか犯人を特定できません。ところが今回はいとも簡単に実行犯の女性巡査に辿り着きました。なぜなら、被害女性たちが振り込んだ銀行の口座名義が、なんとこの巡査本人のものだったからです。さらに警察が現金を引き出した日時を調べ、ATMのそばに設置されている防犯カメラの映像を確認すると、現金を引き出す女性巡査の姿がバッチリ映っていたのですからもう逃げられません。

現役警察官が詐欺グループの一員だったことにも驚きですが、事件捜査のイロハを知る立場にありながら、自分名義の口座を使うなんて「犯人はわたしよ」と自己紹介しているのも同じで、間抜けなことこの上ありません。詐欺事件で騙される方より騙す方が〝バカ〟だったという非常に珍しい事件でした。

(2023/12/22)

ポイント還元我田引水

家電量販店、ドラッグストアからコンビニ、さらには新幹線のネット予約まで、いまやあらゆる商品に「ポイント」が付与されています。そしてそのポイントは貯めることにより現金の代わりとして支払いに使えるのです。それを悪用した犯罪がありました。

宿泊予約サイトで虚偽の予約を繰り返したとして、私電磁的記録不正作出・同供用罪に問われた55歳の女とその34歳の息子の裁判で京都地裁が両被告に対し、いずれも懲役2年執行猶予4年の有罪判決を言い渡したというニュースがありました。

この2人は2019年8~11月、宿泊するつもりがないのにインターネットの宿泊予約サイトで104の他人の名義を使って101の宿泊施設に予約を入れていました。そして2人は予約サイトから付与された特典のポイントおよそ250万円分を使って京都や大阪のホテルを転々としながら暮らしていたといいますからとんでもない親子です。

予約は「将来の売上」を意味します。しかし、それはあくまで見込みであって確定ではありません。途中キャンセルにでもなればその見込みは一気に0になるのです。さらに悪質なのはこの親子が予約をいれた後、一切キャンセルの連絡をしていない、いわゆる「ノーショウ（no show）＝現れない」状態だったことです。「ノーショウ」は売上がないだけでなく、キャンセルの分を他の客に回す商売の機会まで失う由々しきものですからやられた方は堪ったものではありません。

それにしても利益の中からポイントを還元するならわかりますが、利益が不確実な予約の段階でポイントを付与するなんていったいどういうことでしょう。お客は予約をいれたら絶対にキャンセルなんてしないとでも思っていたのでしょうか。この親子のように悪知恵で利益を得ようとする輩はいくらでもいることに気が付いていないシステムそのものに問題があるとしか思えません。

ところで裁判長が判決の中で述べた「サイトの信頼を害する悪質な行為」でありながら、この親子はなぜ実刑でなく執行猶予なのでしょう。ひょっとしたら三食付きの刑務所に泊まるのにはまだポイントが足らなかったのか。

（2023/12/30）

なぜスマホを使わないのか

横浜市の環境創造局総務部に勤める51歳の男性係長が、停職2ヶ月の懲戒処分を受けたというニュースがありました。市によりますと、この係長は2023年1～5月の計81日間に勤務時間内で7時間35分、時間外で56時間30分にわたり業務用パソコンでソリティアなどのゲームをしたり旅行サイトなどを閲覧したりしていたそうです。単純に計算すると1日の勤務時間中に6分ほどサボっていたことになっており、これくらいで懲戒処分とはかわいそうな気もしますが、公務員は民間企業のサラリーマンに比べ優遇される部分も多いのですから仕方がありません。なによりも彼が使っていたのが個人所有のパソコンやスマホでなく〝業務用〟パソコンだったのはいただけません。

インターネットは非常に便利な反面、多くの危険性も孕んでいます。詐欺まがいのサイトが星の数ほどあるだけでなく、ひとたび悪徳ハッカーの侵入を許せば多大な損害を受けることになります。市の〝業務用〟パソコンがそこに陥ったとき、一番の被害者になるのは市民です。それは公僕として最も避けなければならないことだったのです。そして、不思議なのは時間外のうち11日間は休日だったところです。なんとこの係長は1時間だけゲームをするためだけに土曜日に休日出勤していたといいますから呆れます。もうこうなると完全にゲーム中毒です。

たしかにパソコンでするゲームには楽しいものも多く夢中になるのはわかります。しかし、それはギャンブルと違って射幸心を煽られることもない所詮はただの一人遊びに過ぎません。そんなもののために休みの日にわざわざ出てくるなんて随分ご苦労なことです。それとも他にどうしても家に居たくない理由でもあったのでしょうか。

さらにこの係長は4〜6月に計15回、上司の許可なく勤務時間中に計9時間30分の離席をしていました。その理由を係長は「ゲームをやらないために庁舎内階段の上り下りやストレッチをしていた」と説明しています。彼の中での優先順位はどうやら〝ゲームをしないこと〟が一番で〝仕事をサボらない〟はずっと下位だったのです。いずれにしても彼の勤め先が随分とヒマな職場だったことだけは間違いなさそうです。

（2024/01/26）

高級時計は何のためにあるのか

高級腕時計をオーナーから預かり、借りたい人にレンタルするシェアリングサービスがなんの予告もなしに2024年1月末に突然終了したというニュースがありました。これは2021年1月に大阪の会社が始めたサービスで、持ち主から普段は使っていない高級腕時計を預かり希望者に月額制で貸し出していたものです。持ち主にとっては置いてあるだけでは一銭にもならない時計が貸し出すことによって利益を生み、借り手にとっては高額な支出なしに高級時計を身に付けることができる、一見ウィンウィンに見えるこのシステムで急成長を遂げ、一時は1500本もの預かり時計があったそうです。

サービス終了に伴い会社側は預かった時計を6ヶ月を目安に返却するとしていますが、連絡が一切つかなくなったこともあり、預けた方は「本当に返してもらえるのか」と心配しています。さらに一部のオーナーから「ネット上のフリーマーケットに出品されている時計がシリアルナンバーから自分の時計だとわかった」との報告もあり不安は高まるばかりです。

「父親の形見の腕時計だったので何としても返して欲しい」と嘆く人もいるようですが、そんな大事な品物をよく赤の他人に貸したものです。親父さんも草葉の陰で「この親不孝者めが」と、さぞかし怒り心頭のことでしょう。

中には45本（総額6000万円相当）も預けていた人もいたそうで、その数と金額に驚きます。わたしは時間を知るにはスマホで十分と思っていますので腕時計をしません。もちろん高級腕時計なんてひとつも持っていません。しかし、世の中には〝高級〟腕時計に執着する人は多いようで、彼らはダイヤモンドをちりばめた時計をこれみよがしに光らせています。そしてその時の会話は「すごい時計ですね」に対し、ほぼ100％の確率で「せやろ、○○万円や」と金額の話になります。それを聞いた方も「ひえー、○○万円」と肝心の時計の魅力はそっちのけで話題が〝値段〟ばかりに終始するのは実に滑稽です。

すなわち時計自慢の人たちや高級時計にあこがれる人たちの中では、機能性に優れているより、デザインが素晴らしいより、その人に似合っているかよりも値段が優先されるのです。それならいっそのこと、札束や金の延べ棒を手首に巻いておいた方がよほど手っ取り早いのに、と思うのはわたしだけでしょうか。

（2024/02/16）

システムを過信すると

前を走っていたタクシーが、一瞬目を離したすきに客を乗せるため急停止。「ぶつかる！」と思った瞬間、自動ブレーキで間一髪セーフ。雨の中、見通しの悪い四つ角から飛び出してきたトラックと「あわや衝突」と思った瞬間、自動ブレーキで九死に一生。左折した瞬間、横断歩道上の歩行者にビックリ、でも大丈夫、自動ブレーキが事故を回避。テレビからは安全性能を競うクルマのＣＭがこれでもかというくらい流れてきます。

乗用車の自動運転システムの性能を試そうとして、友人の男性２人をひいた67歳の男が過失運転致傷の容疑で現行犯逮捕されたというニュースがありました。この３人は事故前、男が所有する軽自動車の〝自動運転システム〟について話をしており「本当にそんなにすごいのか」と、その性能を確認することになったそうです。そして男が運転席でエンジンを作動させたところ、後退を始めた車は一切止まることなくそのまま2人を轢いたといいますから、とんだ〝自動運転システム〟です。轢かれた男性のうち1人は頭蓋骨を骨折する重傷で、クルマ自慢をしていた男は取り返しのつかない事態に後悔しきりのことでしょう。

高齢者の運転ミスによる事故も多発しており、自動車メーカー各社は自動運転システムの開発を急いでいます。日本では法律の関係で認められていませんが、高級外車の中には既に車内に誰も乗せずに自動で駐車場に行き、そこからまたスマホ操作ひとつで元の場所にどこにもぶつかることなく戻って来られるものもあるそうです。

ショールームに行けば営業マンは「この車はアクセルを踏まなくても、ハンドルを持たなくても自動で前の車についていきます」や「人や障害物を感知すると自動で止まりますから事故になりません」など盛んに〝自動運転システム〟をアピールします。そして自身の目だけが頼りの旧車に乗っていた人は最新式の自動運転システム完備の新車に意気揚々と乗り換えるのですが、いざ新車を引き渡す際になると自動車メーカーの販売員は「絶対に自動ブレーキを試さないでください」としつこいくらいに念を押します。なぜそこまで必死になるのか不思議でしたが、その理由がようやく今回わかりました。

（2024/02/24）

若さのバカさ

高知市の山中にある、崖っぷちでゴトゴト揺れるのに決して落ちないことから「受験生の聖地」と呼ばれた巨石を動かなくしたとして、関東の大学生6人が高知簡易裁判所から器物損壊罪で罰金刑をうけたというニュースがありました。

この石は6トンほどの重さがあるにもかかわらず手で押すと揺れるのです。しかし、どんなに頑張っても決して崖からころげ落ちない不思議な石で、地元の人が注連縄（しめなわ）を巻き「ゴトゴト石」と呼んでちょっとした観光名所にもなっていました。

そんな石を男5人、女1人の大学生が「それなら俺たちで落としてやろう」と202

2年11月26日朝にレンタカーを借りてわざわざ東京から駆けつけたというのですから呆れます。夜になってようやく現地に到着し、早速〝作業〟を開始しましたが全員で力いっぱい石を押しても噂どおり石は落ちません。道具がなければとても無理と察した彼らはホームセンターで荷紋めベルトやハンマーを買い込み再び挑戦しますがやはりうまくいきません。

そうこうするうちに石の向きが変わり、まったくゴトゴト動かなくなってしまいました。そこで今度は車用品販売店でジャッキを買って山中に戻りましたが、それでも石は微動だにせず、遂にはジャッキが壊れてしまい万事休すです。そして27日夕方まで20時間近く現場周辺にいて疲れ果てて道具を放置したまま帰ったといいますから、なんともご苦労なことです。

学生たちにとってはただの〝青春の思い出〟なのかもしれませんが、そんな状態で放置された地元は堪ったものではありません。「ゴトゴト石」をふつうの「石」にされた現地民の怒りはすさまじく、500人の署名で学生たちを刑事告訴し今回の罰金刑となったのです。

過疎化が進む場所に住む人にとっては藁にもすがる想いの観光資源だっただけに学生

たちの面白半分の軽率な行動はいただけません。自然が作った不思議な「ゴトゴト石」。今後なんとか手を加えて元通り動くようになったところで、それはもう人間の造形物に過ぎません。大学生たちは自分たちのしでかしたことの重大さをしっかりと心に刻まなければいけません。

（2024/03/23）

適性のある仕事

愛知県瀬戸市のハローワークに無言電話などをかけ続けていた55歳の無職の男が偽計業務妨害の疑いで逮捕されたというニュースがありました。この男は２０２４年2月から8月までの間、６０００回以上にわたり自身の携帯電話から瀬戸市のハローワークに電話をかけ、職員らに対し「お疲れ様です」などと言うのみで通話を終了したり、無言の状態を続けるなどしていたそうです。６０００回といえば月に１０００回ほどになりますので、土日が休みのハローワークに対し、単純計算で毎日50回もダイヤルを回していたのですから恐れ入ります。

もちろん発信は携帯電話でしたから番号を記憶させておいてピッ！　とワンプッシュだけだったのかもしれませんが、それにしても50回となれば8時半から5時15分のハローワークの開庁時間のほとんどを電話にかかりっきりだったのは間違いありません。まともな社会人ならとてもできる芸当ではありませんが、そこは無職の強み、時間だけは十分にあったようです。

このニュースを見て誰もが「そんなことに労力を使うくらいなら働けよ」と思うでしょうが、彼もそれなりに努力はしていたようです。なぜならこの男は職を探すため十数年間もハローワークに通っていたというのですから。それだけの期間があればハローワーク中のすべての求人票を閲覧することもできたはずですが、十数年かかっていまだに〝無職〟とは、人手不足で困っている企業も多い中、どれだけ選り好みをしていたのでしょう。あるいはハローワークが彼の適性に応じた会社を紹介していなかったのか。次回、男が訪れたときには〝テレホンコールセンター〟をお勧めしてはいかがでしょうか。そこなら電話がかけ放題ですからきっと長続きするはずです。

（2024/09/08）

永遠に届け出中

落とし物を拾ってもそれが即時に自分のものになることはありません。警察が一定期間保管し、落とし主が現れない場合にはじめて拾った人のものになるのです。ですから落とし物を拾って「ラッキー」とばかりに持ち帰り自分のものとするのは犯罪です。

ごみ置き場で1億円の大金が見つかったなどのニュースが報道されると、毎回のように「歩いているうちに落としたのかもしれない（そんな大金落としたらすぐわかるやろ）」「家に置いてあったものがなくなった（札束が勝手に出ていったのか）」とツッコミどころ満載の申し出があるのは見つけた人がネコババせずに正直に届け出るからです。

仙台市内の公園に置き去りにされていた自転車を警察に届けず持ち去ったとして、住所不定、無職の41歳の男が占有離脱物横領の疑いで逮捕されたというニュースがありました。警察の調べによりますと、この男は仙台市太白区内の公園で置き去りにされていた時価1万円相当の自転車1台を警察に届け出ずに持ち去ったということです。登録番号からこの自転車は市内に住む10代の男性のものだったことがわかり、男性が警察に出した被害届から、2023年の8月に盗まれた後、この公園に放置されたことが判明しました。なんと1年の時を経てこの住所不定、無職の男の前に現れたのです。

警察の調べに対し男は「盗んではいないし届け出るつもりだった」という趣旨の供述をし、容疑を否認しているということですが、さあここで問題です。拾ったものをそのまま自宅に持ち帰ったのなら「盗んだ」と判断できますが、住所不定……家がない場合、どの段階で「盗んだ」が確定するのでしょう。ましてやこの男は無職ですので職場に持ち込むこともありません。永遠に「届けに行く途中」なんてことにならないのでしょうか。それとも男は公園を根城にしていたと判断され、そこから一歩出た瞬間に「盗んだ」となったのでしょうか。疑問は尽きません。

(2024/09/13)

あとがき

本書を書き終えて校正作業をしている時、わたしの発言がまたまた大炎上しました。わたしの発言が炎上することは珍しくありません。前にＮＨＫの経営委員をしている時には、わたしの発言はしょっちゅう悪意ある切り取りによって報道されてきました。その内容は拙著『大放言』（新潮新書）の第四章「我が炎上史」に詳しく書いています。

炎上した発言はネット番組「ニュースあさ8時！」の11月8日の中でのものです。

この時、わたしと有本香氏は少子化についての改善策を話し合っていました。日本は加速度的に少子化が進み、この10年で出生数は3割も激減したからです。わたしが代表を務め、有本香氏が事務総長を務める国政政党「日本保守党」の重点政策の一つが少子化対策です。

前日の7日には、経済的な事情で子供を諦める夫婦に対して国が多額の補助金を出すという政策案について議論していましたが、この日は未婚率の高さをどうすべきかというテーマについての話になりました。

妊娠と出産には適齢期があり、時間的な制約が厳然と存在します。もちろんこれは男女ともに同じですが、出産を伴う女性の方がより厳しい条件があります。つまり女性の方が男性よりも「タイムリミット」が短いのです。

そうした状況を踏まえて、有本氏は番組の中で、「子供を持つことが幸せであるという従来の価値観が失われていることも原因だ」と発言しました。

それを受けてわたしは、「その（新しい）価値観を一気に覆すのは無理」と言い切っています。つまり、もう現代の価値観を昔のように戻すのは不可能であると断言しています。そして、「これを覆すには社会構造を変えるしかない」と言っています。

そこで例の問題発言が飛び出すわけですが、わたしは前置きとしてこう発言しています（以下の発言は一言一句変えていません）。

「これはええ言うてるんちゃうで。ええ言うてるんちゃうで」

繰り返して「ええ言うてるんちゃうで」と大阪弁で言っていますが、標準語になおすと「ダメなことですが」というニュアンスの言葉です。

そしてわたしはさらに、

「3回言うわ、ええ言うてるんちゃうで」

と付け加えました。

　すると有本氏は笑いながら、「いいわけじゃないけど」と相槌を打ちました。これは「いいわけじゃないけどという前提ですね」ということです。

　わたしはこう言いました。

「たとえば、無茶苦茶な案の一つとして、女性は18歳から大学に行かさないとかね、仮に、やで。それぐらいの構造が必要いうことやねん」

　この後、

「あともう一つね。これまた無茶苦茶やで。小説家のSFと考えてください」

　という前提を言った後で、

「25歳を超えて独身の場合は生涯結婚できない法律にするとかね。そうしたら、皆、焦るで。はよ結婚しなかったら生涯独身や、と。これはSFやけどね」

　つまり強引にタイムリミットを設けることで社会全体の意識を変えてしまうというSF的な発想という意味で語っています。

　それで次にさらに言わなくてもいい発言が飛び出しました。

「ほんで、30超えたら子宮摘出するとか」

すかさず有本氏が「こらこら、やめなさい」と言ったので、わたしは「これ、SFやで」と言いました。

たしかにこの言葉自体は非常に品のないどぎつい言葉でした。多くの人をぎょっとさせるものでした。小説家のわたしはたとえ話をする時にショッキングなワードを選ぶ癖があります。またSFにはディストピア小説というジャンルがあり、恐ろしい架空現実を想定することで、現実社会を風刺する手法はよく用いられます。そういう有り得ない前提で言ったものでしたが、これはさすがに少々いきすぎた発言でした。

わたしも深く反省し、その後、ネットや記者会見の場で、撤回し、謝罪すると言いました。

繰り返しになりますが、この一連の発言の前に、わたしは「現代の価値観を変えることは無理」と断言しています。その上で、事前に「(やっては)ダメなことですが」と3回も念を押し、さらに「無茶苦茶な」案であり、「SF」だと前置きしてから、発言しています。つまり、社会構造や価値観を変えるのはそれくらい難しいことである(実際は不可能である)ということを反語的表現で言ったにすぎません。

しかしアンチ百田尚樹やアンチ日本保守党は「子宮摘出」という言葉に飛びつきました。多くの再生回数を誇るユーチューバーの中には、「百田尚樹と日本保守党は、『女性を大学に行かせない』『25歳を超えたら結婚させない』『30歳を超えた女性の子宮を切り取る』という政策を目指している」とまで言い出す者が多数現れました。その多くが以前からわたしを異様に敵視する人たちですが、彼らがわたしの発言を敢えて曲解し、わたしや日本保守党のイメージダウンを狙っているのは明らかです。もちろん再生回数稼ぎということもあったでしょう。敢えて名前は記しませんが、品性下劣な輩です。

驚いたのは、その中に自民党の国会議員がいたことです。衆議院議員で外務政務官の英利アルフィヤ氏は、Xにおいてわざわざ英文で「人権団体は日本保守党との関係を断ち切るように求める」と発信しました。また以前からわたしを敵視し、いろんな場所でわたしの悪口を言っていた参議院議員の和田政宗氏は、今回も鬼の首でも取ったような勢いで、「百田尚樹はとんでもないことを主張している」とネットやXで繰り返し発言しました。

わたしは決してそんなことは主張していないし、日本保守党がそんな政策を掲げていないことは、発言の全部を聴けばわかることです。前記の発言はYouTubeでいつでも見ることができます（全部で2分ちょっとのものです）。言っておきますが、わたしは女性を大学に行かせるべきではないと考えていませんし、30歳を超えて出産するなとは微塵も考えていません。わたしの娘は大学に進学していますし、妻は34歳で最初の出産をし、37歳で2度目の出産をしています。

この炎上で何よりも呆れたことはメディアの報道です。多くのメディアが「百田尚樹、30歳の女性の子宮を摘出しろと発言」という猟奇的な見出しを載せました。記事の中には比較的冷静に書いてあるものもありましたが、見出ししか見ない読者には恐ろしいイメージが植え付けられます。中には「言語道断の女性蔑視」という見出しを付けた新聞もありました。

わたしが「日本保守党」を立ち上げた契機は、政府が「LGBT理解増進法」を強引に法制化したことです。というのも、この法律は、すべての女性の安全と権利を脅かしかねないからです。言い換えれば日本保守党は「女性を守るために」という思いがきっかけとなって生まれた政党です。わたしに女性蔑視の考えがあれば、そもそも「LGBT理解増進法」に反対するはずもありません。

発言の二日後、わたしが名古屋で選挙応援に行った時のことです。応援演説を終えて、車から降りると、十名くらいの記者たちに囲まれて、取材を受けました。NHKや朝日新聞やCBCテレビなど、いずれも大手メディアの記者たちです。質問はすべてわたしの例の発言についてです。

わたしは丁寧に答えていましたが、彼らの反応を見て、ちょっと気になることがあったので、わたしから記者の人たちに質問しました。

「皆さんの中で、わたしの発言の全部を聞いた人がいたら、手を挙げてください」

すると、記者は誰も手を挙げなかったのです。わたしは彼らの目を見てもう一度訊ねました。彼らは皆下を向いてわたしと目を合わそうとしません。わたしは呆れて、彼らに言いました。

「皆さん、わたしに質問しようと思って集まったのに、誰もわたしの元発言を聞いていないってどういうことですか」

するとと記者の一人はこう答えました。

「わたしたちは名古屋市政のことなどを聞くために取材に来たので……」

わたしはすかさず言いました。

「さっきから名古屋市政のことなんか、誰も聞いてないじゃないですか。質問は例の発言のことばかりじゃないですか」

この言葉に記者は誰一人、反論しませんでした。

以上のやりとりもYouTubeで見られます。興味のある方は探してご覧になってください。そもそもその取材は記者団の方から「応援演説が終わったら囲み取材をしたい」という申し出があったので受けたものです。自分たちから聞きたいことがあると言っておいて、元の発言も確認していないとは、それでも報道記者なのだろうかと思いました。つまり彼らは悪意ある切り取りのネットだけを見てやってきたのです。

さきほども書いたように元の発言は全部で2分ちょっとです。カップ麵にお湯を注いで麵が出来上がるのを待っている間に見られるくらいの短さです。それさえやらずにネットだけを見て取材するなんて、記者失格ではないかと思います。

かつてはネットの中傷と報道の記事には大きな違いがありましたが、今はその境界がどんどんあやふやになってきている気がします。「狂った世界」では報道さえもおかしくなっています。

わたしは少し長生きしすぎたのかもしれません。

百田尚樹　1956(昭和31)年大阪市生まれ。作家。著書に『永遠の0』『モンスター』『影法師』『海賊とよばれた男』『カエルの楽園』『夏の騎士』『野良犬の値段』『成功は時間が10割』など多数。

Ⓢ新潮新書

1071

狂(くる)った世界(せかい)

著者　百田尚樹(ひゃくたなおき)

2024年12月20日　発行
2025年1月20日　2刷

発行者　佐藤隆信

発行所　株式会社 新潮社

〒162-8711　東京都新宿区矢来町71番地
編集部(03)3266-5430　読者係(03)3266-5111
https://www.shinchosha.co.jp
装幀　新潮社装幀室

印刷所　錦明印刷株式会社

製本所　錦明印刷株式会社

ISBN978-4-10-611071-9　C0230

価格はカバーに表示してあります。